O Ogre e o passarinho

FAUSTO WOLFF

Ilustrador: GUILHERME VIANNA

editora ática

O texto ficcional desta obra é o mesmo da edição anterior

O ogre e o passarinho

DIRETOR EDITORIAL · Fernando Paixão
EDITORA · Gabriela Dias
EDITORES ASSISTENTES · Emílio Satoshi Hamaya e Fabricio Waltrick
APOIO DE REDAÇÃO · Pólen Editorial e Kelly Mayumi Ishida
PREPARADORA · Lizete Mercadante Machado
COORDENADORA DE REVISÃO · Ivany Picasso Batista
REVISOR · Agnaldo dos Santos Holanda Lopes

ARTE
PROJETO GRÁFICO · Tecnopop
EDITORA · Cintia Maria da Silva
DIAGRAMADORA · Ana Paula Fujita
EDITORAÇÃO ELETRÔNICA · Studio 3 e Exata

CIP-BRASIL. CATALOGAÇÃO NA FONTE
SINDICATO NACIONAL DOS EDITORES DE LIVROS · RJ

W836g
2.ed.

Wolff, Fausto, 1940-
O Ogre e o passarinho / Fausto Wolff ; ilustrações Guilherme Vianna. - 2.ed. - São Paulo : Ática, 2008
160p. ; il. - (Sinal aberto)

Apêndices
Inclui bibliografia
Contém suplemento de leitura
ISBN 978-85-08-10726-1

1. Ética - Literatura infantojuvenil. I. Vianna, Guilherme. II. Título. III. Série.

06-3353 CDD 028.5
CDU 087.5

ISBN 978 85 08 10726-1 (aluno)

CL: 73596
CAE: 242328

2025
OP 286626
2ª edição, 3ª impressão
Impressão e acabamento:
LOG&PRINT GRÁFICA, DADOS VARIÁVEIS E LOGÍSTICA S.A.

Avenida das Nações Unidas, 7 221 – Pinheiros – CEP 05425-902 – São Paulo, SP
Atendimento ao cliente: 4003-3061 – atendimento@aticascipione.com.br

sinal aberto fantasia

Um homem, uma menina e um segredo

Esperança era uma **cidadezinha tranquila**. Seus moradores nem pareciam espantar-se com as coisas estranhas que ali ocorriam. O importante é que não havia mais políticos corruptos, nem ladrões, nem **pessoas ambiciosas** cometendo crimes pelo poder. E quando alguém precisava de dinheiro para resolver algum problema sério, sempre aparecia **misteriosamente** na casa do necessitado um envelope com a quantia exata para colocar tudo nos eixos.

Havia também um outro **grande mistério**: em uma montanha erguia-se o imponente Castelo do Ogre, sobre quem nada sabiam. Uns diziam que era um **monstro**, outros que transformava gente em bicho ou que era capaz de fazer **ouro**. Mas certeza mesmo, ninguém tinha.

Tudo teria permanecido assim por séculos se **uma nova habitante** não tivesse aparecido. A menina Rosália, sobrinha da governanta do castelo, teve permissão para morar com a tia. Ela, além de bonita, era **muito curiosa**. Com o menino Aramis — outro personagem estranho de Esperança, e seus **amigos invisíveis** Athos e Porthos —, Rosália decide desvendar os segredos do castelo, em especial o de um passarinho que todos os dias cantava tristemente em algum lugar escondido.

Não perca!

- *Uma visão crítica da sociedade e dos relacionamentos humanos.*
- *Trechos de obras famosas ou pensamentos de sábios ilustres, como Freud, Shakespeare e Nietzsche.*

Depois de conhecer a aventura de Rosália e Aramis, neste livro sobre o **poder do amor** e da **imaginação**, você ainda encontra uma entrevista exclusiva com o autor, Fausto Wolff.

Sumário

1 · Esperança 7
2 · O Castelo 10
3 · O Ogre 12
4 · Pelópidas Paracelso 13
5 · Dona Azaleia 16
6 · Dona Margarida 19
7 · Rosália 25
8 · Aramis 28
9 · Fora do Castelo 30
10 · Curiosa curiosidade 37
11 · Três mosqueteiros e um cão 42
12 · Aventura 44
13 · Encurralados 53
14 · Entrevista 56
15 · Na noite anterior 63
16 · Prisioneira do terror 66
17 · Livre 76
18 · Descobertas e dúvidas 80
19 · *Ab Nihilo* 84
20 · Portas da percepção 91
21 · O vestido e a fórmula 98
22 · A cachoeira 102
23 · O jantar 108
24 · A traição de Athos 119
25 · Caos 124
26 · No café da manhã 136
27 · Esperança 142

Notas 145
Bate-papo com Fausto Wolff 151
Obras do autor 157

Para minha mulher,
Mônica, que me contou esta história.

1
ESPERANÇA

Quem passasse por Esperança não veria nada de extraordinário. *À primeira vista.* Era uma cidadezinha como tantas outras. Uma rua principal onde havia um teatro. As ruas paralelas e transversais eram residenciais. Casas simples de gente simples. Como todas as outras cidades, também tinha um grupo escolar, um ginásio com sua biblioteca, ambulatório, um açougue, um armazém, uma padaria, algumas lojas, um restaurante, um clube e alguns bares.

O viajante que decidisse prestar atenção ou demorar-se por ali alguns dias veria, porém, que Esperança era uma cidade diferente de todas as outras. Por exemplo, eventualmente o sol só se punha de madrugada, caía neve em pleno verão por alguns minutos e certos galos cantavam à meia-noite. Havia ainda a loja que vendia produtos raríssimos: polvos defumados, piranhas da China, livros antigos, ervas do Oriente, flores carnívoras. Quem administrava essa loja, que ficava nos fundos de um armazém, era o seu Pelópidas Paracelso[1] e ele não permitia que ninguém se metesse em seu canto. Sua mulher, dona Azaleia, tratava da parte que ficava na frente e vendia produtos de supermercado. Seu Pelópidas importava e exportava mercadorias. Clientes misteriosos apareciam no meio da noite, faziam suas compras e desapareciam tão rapidamente como haviam chegado.

Os poucos habitantes não passavam necessidades. Se alguém tivesse alguma dificuldade e precisasse, por exemplo, internar um parente no hospital, enviar um filho para estudar numa universidade da capital, acontecia uma coisa muito estranha: na casa da pessoa em apuros surgia um envelope e dentro dele a quantia exata que a pessoa necessitava para saldar sua dívida. Nem mais nem menos. Isso já acontecia há muitos e muitos anos. Para falar a verdade, ninguém sabia dizer quando os misteriosos envelopes começaram a aparecer. Os mais velhos diziam ter sabido dos seus pais que no princípio algumas pessoas premiadas com o envelope começaram a gastar seu dinheiro em bobagens, a cantar vantagens, a se sentirem superiores aos vizinhos. Resultado: quando o dinheiro acabava, não recebiam outro envelope.

Aos poucos, os moradores de Esperança compreenderam que o dinheiro recebido tinha um fim específico e que nisso devia ser gasto e em nada mais. Desse modo, continuavam trabalhando honestamente, pois sabiam que na hora do aperto o envelope aparecia. Não falavam disso com nenhum forasteiro e muito menos com os turistas que apareciam no verão para uma estação de águas nos limites da cidade. Corria a lenda de que quem entregava os envelopes era um anão corcunda, mas ninguém na cidade podia afirmar que o havia visto.

Em Esperança todos eram honestos. Muitos anos atrás — diz a lenda — ela sofrera nas mãos de políticos corruptos, ladrões que metiam nos próprios bolsos o dinheiro que o povo pagava em impostos, mas eles começaram a desaparecer misteriosamente, sem deixar vestígios. Em seu lugar surgiam gatos e cachorros e outros animais que eram tratados com muito carinho pela comunidade. O viajante que parasse num bar para beber uma cerveja poderia muito bem ouvir o seguinte diálogo:

— Então, seu João, soube que mandou seu filho estudar na capital. Deve ter recebido o envelope — diria um dos fregueses.

O outro responderia:

— Você sabe muito bem que sobre essas coisas não se fala, seu Antônio.

— Desculpe, seu João, é verdade. É que moro há poucos anos em Esperança.

Há muito tempo ninguém desaparecia misteriosamente da cidade, mas, por via das dúvidas, também ninguém roubava no troco, cobrava impostos ou multas indevidas, se metia com a mulher dos outros ou tratava mal seu vizinho e assim por diante.

Havia só um policial na cidade e seu único trabalho era levar os poucos bêbados de volta para suas casas e ajudar os velhinhos a atravessar a rua.

Outra coisa, coincidência ou não, todas as mulheres da cidade, e até mesmo as que se mudavam para lá, tinham nome de flor.

Situada num vale entre montanhas, Esperança também se destacava das outras cidades porque na mais alta montanha tinha um enorme Castelo onde cantava um passarinho e vivia um Ogre.

2

O CASTELO

Dizem que, quando os primeiros habitantes apareceram com suas carroças, já encontraram o Castelo no alto da maior montanha. Era de pedras de granito e rodeado por um muro altíssimo. Tudo que os moradores de Esperança podiam ver da cidade era a torre, que por sinal não era muito grande. Quem tratava do imenso jardim cheio de recantos secretos era seu Tirésias[2], um velho jardineiro mudo, cego, de longas barbas brancas, mas que, segundo algumas poucas pessoas, via, ouvia e falava quando lhe desse na veneta. No jardim, além de pássaros, toda espécie de flores, árvores frutíferas dos rincões mais remotos da terra, havia uma bela cachoeira.

No seu interior, à primeira vista, o Castelo não tinha nada de castelo como vemos no cinema. Nada de armaduras, teias de aranha, escadas rangendo e fantasmas arrastando correntes. O grande portão dava para uma antessala que precedia um salão atapetado, onde ficavam uma sala de jantar com uma mesa longa e estreita, uma biblioteca com uma mesa de bilhar e um piano. Ao fundo, era a ala onde ficavam os quartos, todos com banheiro, dos empregados: dona Margarida, a governanta, Sir Anthony Hopkins, o mordomo, sempre elegante e altivo, Monsieur Gaston Leroux[3], grande tagarela e cozinheiro, e seu Tirésias, o jardineiro mudo e cego.

No segundo andar, ladeando um corredor enorme que exibia quadros de alguns dos melhores pintores do mundo, antigos e modernos, ficavam os quartos dos hóspedes. No terceiro andar, os aposentos do Ogre, aos quais apenas dona Margarida e Sir Anthony Hopkins tinham acesso. Não a todos os cômodos, entretanto.

Um jaguar enorme e míope, pois usava óculos, exercia as funções de cão de guarda. Com o passar dos anos, os moradores de Esperança acabaram por se acostumar com os sons que vinham do Castelo. Urros, o canto de um passarinho, possantes gargalhadas e as melhores sinfonias de Bach, Beethoven, Mozart e outros compositores não tão famosos.

3

O OGRE

O Ogre dormia. Era realmente enorme e às vezes tinha sobressaltos, dava urros e revirava-se na cama. Nessas ocasiões, todo o Castelo tremia e as casas ao pé da montanha também.

O Ogre era um solitário.

Os moradores de Esperança, os mais velhos, quase não falavam sobre ele. Os mais jovens ou os que residiam há pouco tempo na cidade comentavam seus poderes mágicos. Seria filho de alienígenas que teriam surgido na terra há séculos e não conseguiram voltar ao planeta de origem. Esses alienígenas, além da forma humana, teriam poderes incríveis: podiam estar em vários lugares ao mesmo tempo, atravessar portas e muros, manter-se invisíveis, viajar no tempo e assim por diante. Quanto ao Ogre, teria a capacidade de transformar os inimigos em sapos e lagartixas, cobras e lagartos apenas com um olhar. Nas poucas vezes em que saía — se é verdade que saía —, as pessoas não tinham coragem de olhar diretamente para seus olhos. Evitavam ser olhadas por ele. O Ogre era solitário, tímido e temido.

Comentava-se à voz baixa que ele era capaz de fazer ouro graças a certas fórmulas secretas que descobrira. Daí viria a sua fortuna, pensavam, e mais não se falava. Na verdade, à exceção dos empregados e de Pelópidas Paracelso, ninguém vira claramente o seu rosto. Eventualmente alguém se gabava de tê-lo visto. A resposta era sempre a mesma:

— Deixe de contar vantagens! Se você tivesse visto o rosto do Ogre, já seria pedra, tartaruga ou um repolho.

Quando não estava viajando, passava os dias encerrado em seu gabinete rodeado de livros e estranhos instrumentos e aparelhos que ele mesmo inventara.

Quase todos os habitantes já haviam entrado no Castelo. No primeiro andar. Uma vez por mês, o Ogre permitia a presença de alguns poucos convidados. Estes, depois de visitarem o primeiro andar, onde Sir Anthony Hopkins lhes explicava, com seu carregado sotaque britânico, os móveis antigos, quadros e livros raros, iam para o jardim, onde dona Margarida lhes servia deliciosos pratos preparados pelo cozinheiro Gaston Leroux. O Ogre, porém, nunca estava presente nessas ocasiões. Aos visitantes duas coisas eram proibidas: trazer crianças com menos de dez anos e falar muito alto. Todos os moradores de Esperança sabiam que mais cedo ou mais tarde receberiam um convite para visitar o Castelo, ou melhor, o primeiro andar do Castelo, e esperavam a ocasião com prazer e curiosidade.

4

PELÓPIDAS PARACELSO

Em toda a cidade apenas uma pessoa conhecia o Ogre. Essa pessoa era seu Pelópidas Paracelso, um homem careca, de pequenos óculos de tartaruga, bondosos olhos azuis e dono de um humor admirável. De vez em quando sua mulher o surpreendia rindo sozinho. Um risinho mais ou menos assim "Hi! Hi! Hi!".

Pelópidas Paracelso era um homem de bem: inteligente, culto, honesto e bom. Sabia coisas que ninguém sabia e o que sabia não dizia a ninguém. A criançada já se acostumara a vê-lo andar pelas ruas recitando em voz alta seus poetas favoritos, Baudelaire[4] e François Villon[5]. E recitava em francês! Andava sempre acompanhado de uma anta que usava tênis e com quem dizem que conversava muito sobre literatura e poesia. Na cidade, nunca ninguém vira a anta abrir a boca, mas todos a consideravam um gênio como o dono. Quando não passeava com ele pela cidade, ficava nos fundos do quintal.

Intelectual e cientista, Pelópidas Paracelso era um homem feliz porque não tinha ambições materiais. O que possuía lhe bastava para fazer suas viagens à cata de coisas exóticas e para realizar suas experiências. Pelópidas Paracelso só não era completamente feliz porque casara com Azaleia, a quem amava muito e que, embora não fosse uma mulher má, era extremamente ambiciosa e faladeira. Mas, como ele costumava dizer para a sua anta:

— Ninguém pode ser completamente feliz, pois há sempre o medo de a felicidade acabar um dia. Eu, pessoalmente, sou tão feliz quanto posso.

Como já dissemos, era o único morador da cidade que já vira o Ogre. Aliás, encontrava-se com ele com razoável frequência para levar as encomendas ou simplesmente para jogar xadrez. Era um excelente enxadrista, embora não fosse páreo para o Ogre. Apenas uma única vez o Senhor do Castelo o criticara:

— Pelópidas Paracelso, quando o senhor apareceu aqui com dona Azaleia, dizendo que estava apaixonado e queria casar com ela, eu não fiz objeção alguma. Mas sua mulher é extremamente curiosa. E o senhor sabe onde a curiosidade pode levar, NÃO SABE? — urrou e por alguns segundos a cidade toda tremeu como se estivesse sendo sacudida por um terremoto.

Seu Pelópidas jamais falava sobre o Ogre, nem mesmo com sua anta.

5

DONA AZALEIA

Dona Azaleia realmente merece um capítulo especial. Pessoa muito interessante. Para começar, era altíssima. Não tão alta quanto o Ogre, é claro, mas muito alta e elegante. Tinha imensos olhos verdes que brilhavam no escuro, uma espécie de tigresa, longos cabelos, tão negros que pareciam azuis. Muito lisos, eles chegavam à sua cintura. Mulher de seus quarenta anos, todos a consideravam uma "bela coroa". Além disso, era francesa e falava com um sotaque que fazia a criançada rir, mas tinha seu charme.

Seu Pelópidas a conhecera há muitos anos na pequena cidade de Solitude, onde ela nascera e era arrumadeira de hotel. Órfã de pai e mãe, vivia com muita dificuldade. Paracelso, que fora procurar alguns livros cabalísticos por ordem do Ogre, interessou-se pela bela moça solitária. Do interesse à paixão fora um pulo. Ela por sua vez impressionou-se com ele, que a levou para viajar por todo o país e, gastrônomo que era, a acompanhou aos melhores bares e restaurantes, e também aos teatros e museus de Paris. Dos bares e restaurantes ela gostou. Dos teatros e museus nem tanto. Paracelso, porém, estava com os quatro pneus arreados e se sentia muito feliz.

Certo dia, pouco antes da data de sua volta para Esperança, ele disse à sua amada:

— Azaleia, eu te amo e quero casar contigo.

Azaleia deu pulinhos de alegria. Mas ele continuou:

— Infelizmente existem dois senões.

Os olhos de Azaleia se umedeceram. Por um momento vislumbrara a oportunidade de viver uma vida sem sacrifícios.

— Que senões, *mon amour*? — perguntou ela, dengosa.

E Paracelso:

— Em primeiro lugar, não sou nenhum príncipe encantado e a cidade onde moro é muito simples e quase sem atrativos. Tenho medo de que você vá se entediar e logo pedir para ir embora. Em segundo lugar, antes de me casar preciso pedir permissão a uma pessoa.

— Que pessoa? — perguntou Azaleia, curiosa, pois não podia entender como um homem inteligente e razoavelmente bem de vida tivesse de dar explicações sobre os seus atos.

— Meu patrão, o Ogre.

Curiosíssima, ela quis saber tudo sobre o Ogre, mas Paracelso foi logo explicando:

— Não posso falar e peço encarecidamente que nunca me pergunte nada a esse respeito.

— Então não vamos casar, *chéri*? — ela indagou, ao ver que não conseguia extrair mais informações sobre o patrão do namorado.

— Já disse que tenho medo de que você ache a cidade sem graça.

— Nada pode ser mais sem graça do que a minha vida em Solidão. — Era o que significava o nome da sua cidadezinha.

Resultado: tomaram um navio e um mês depois estavam em Esperança. Como Pelópidas Paracelso já havia imaginado, depois de ouvi-lo com muita atenção, o Ogre não fez objeções. Apenas o advertiu:

— Você sabe o risco que corremos.

E dona Azaleia revelou-se realmente um risco. Para começar, como Pelópidas antecipara, ela não se entusiasmou muito com Esperança. Sentia-se solitária. Depois de aprender a língua local e conhecer algumas pessoas, sugeriu ao marido:

— *Mon amour*, não tenho nada para fazer aqui e a nossa casa é tão grande. Por que não abrimos uma espécie de armazém na frente? Desse modo poderei conhecer melhor as pessoas, terei alguma coisa para fazer e vou poder colaborar nas despesas domésticas.

Paracelso gostou da ideia e em poucos dias Esperança tinha um novo armazém. Azaleia tomava conta da parte da frente e Paracelso da sua lojinha de produtos exóticos, que ficava nos fundos. Durante todos os anos, todos os dias, Azaleia perguntava sobre o misterioso Ogre, mas o marido não abria a boca. Ou dizia simplesmente:

— Deixa de ser bisbilhoteira, Zazá!

Quando não aguentava mais, dava-lhe dinheiro para viajar a Paris, mas ela acabava sempre voltando. De uma certa forma, acostumara-se a Esperança e ao seu armazém. E até mesmo ao marido.

Vamos botar as cartas na mesa: dona Azaleia era uma mulher bonita, forte, trabalhadeira, mas tinha língua de trapo. Adorava uma futrica. Quando chegavam as freguesas, não perdia a oportunidade de descobrir as novidades picantes. Para conquistar as pessoas, tinha sempre café, chás e bolinhos para oferecer. Eventualmente algumas mulheres, as mais faladeiras, a inteiravam sobre a vida íntima das famílias da cidade, sobre os disse me disses, namoros, noivados, casamentos e nascimentos. Azaleia, porém, queria escândalos, romances intempestivos, fugas de amantes, mas essas coisas raramente aconteciam em Esperança.

De qualquer maneira, do seu armazém, dona Azaleia controlava a vida da cidade. Sobre o Ogre ninguém ousava falar e quando falavam era para dizer as mesmas coisas que já estava cansada de ouvir: fabricava ouro, transformava pessoas em animais, era um gigante horrendo. Do Castelo, conhecia o velho jardineiro de longas barbas brancas e dona Margarida, a governanta, mas eles se limitavam a fingir que não ouviam suas perguntas sobre o patrão. Às vezes, passava uma semana inteira sem falar com o marido por ele não matar sua curiosidade. Seu Pelópidas não se importava. "Não falando é que a gente se entende", pensava ele filosoficamente e ia discutir literatura francesa com sua anta de tênis. Segundo Azaleia, a anta vivia a espioná-la, o que era uma injustiça. Tratava-se de uma anta discretíssima, apesar do tamanho.

6

DONA MARGARIDA

O Ogre ainda dormia às nove horas da manhã, o que não era do seu hábito. Dona Margarida, a fiel governanta, uma mulher de seus sessenta anos, solteirona, gordota, simples, trabalhadeira e de boa índole, estranhou. Preocupada, bateu à porta do quarto do patrão.

— Não me enche! — berrou o Ogre.

Ela suspirou aliviada. Já se acostumara ao mau humor dele.

O Ogre abriu um olho e depois o outro. Era assim que despertava. Com os dois olhos abertos, lançou um olhar muito azul à sua volta. Sentou-se, espreguiçou-se, deu um bocejo que ecoou por todo o Castelo e por fim se levantou.

Seu quarto parecia um salão de janelas panorâmicas. Ele gostava de olhar a paisagem e de lá podia avistar, além dos jardins, toda a cidade. Quase todos os dias via o sol nascer e nunca deixava de se maravilhar.

Seu gabinete, pouco maior que seu quarto, ficava em outra ala do Castelo e de lá ele via o bosque com a cachoeira, o outro lado da cidade e o pôr do sol.

O Ogre tomou um banho frio, como fazia todos os dias ao despertar, independentemente da estação do ano. Estava de roupão quando Sir Anthony Hopkins, o mordomo, bateu à porta. O Ogre abriu-a e o mordomo inglês depositou sobre a mesa do quarto o seu desjejum preparado pelo cozinheiro Monsieur Gaston Leroux. Juntamente com o café da manhã, o mordomo, como de hábito, trouxe alguns dos principais jornais do mundo e permitiu-se um comentário:

— A Bolsa caiu num lugar chamado Brasil. — Em seguida retirou-se tão discretamente quanto entrara.

O Ogre tomou seu café, vestiu um terno e depois foi à cozinha discutir o menu do jantar com o cozinheiro. Dona Margarida entrou na cozinha.

Ela estava especialmente preocupada e ansiosa. Precisava conversar com o Ogre, mas não sabia se aquela era a hora certa.

— Patrão, gostaria de dar uma palavrinha com o senhor.

— E eu com a senhora, dona Margarida. Quero lhe fazer uma pergunta. Qual é a segunda regra mais importante do Castelo?

— Não encher o senhor.

— Então lembre-se disso antes de bater à minha porta. Só quem bate à minha porta é Sir Anthony Hopkins e ele sabe a hora em que deve fazer isso. Se precisar da senhora ou de Gaston, toco a campainha.

— Perdão, patrão. É que fiquei preocupada.

— Está perdoada. Se quiser falar comigo, estarei na biblioteca.

Dona Margarida ficou zanzando pelo Castelo, tentando ocupar-se de uma coisa e de outra, mas não conseguia se concentrar. Precisava falar com o Ogre. Meia hora mais tarde, ao entrar na biblioteca, encontrou o patrão conversando com um dos seus anõezinhos. Ela não saberia dizer qual. Sempre os confundia e além disso tinham nomes complicados, estrangeiros. Ao vê-la, o anão ficou imóvel. O Ogre:

— O que é, dona Margarida? — perguntou com seu vozeirão.

Dona Margarida esfregava as mãos e, desconfortável, ora descansava o corpo sobre um pé ora sobre o outro.

— Fale, mulher!

— Patrão, eu não sei como lhe explicar...

— Eu não sou burro. Comece do começo.

— Bem, patrão, é que, bem...

— Fale logo que eu não aguento ver mulher aflita.

— É que minha irmã mora na roça, em Brejo Seco. Ela tem muitos filhos, mas uma das meninas, a Rosália, é particularmente inteligente e prendada. — Fez uma pausa.

— E daí?

— Daí que na roça não tem escola e a menina quer continuar seus estudos. Vive lendo e sempre que vou visitar a minha irmã levo muitos livros de presente e...

— E o quê?

— Eu sou a única mulher nesta casa e pensei que talvez ela pudesse vir estudar aqui...

— Nem pensar! — berrou o Ogre.

Os olhos de dona Margarida se encheram de lágrimas, mas o Ogre fingiu não vê-las.

— Nem pensar! — berrou novamente.

— Ela não incomodaria — insistiu dona Margarida em voz quase inaudível. — Poderia me ajudar nas tarefas diárias.

— Pare de chorar, mulher, que eu não aguento ver mulher chorando. — E num tom menos autoritário: — Que idade tem essa Rosália?

— Doze anos, senhor.

— Doze anos? Eu não aguento adolescentes. São todos uns chatos. Um dia ainda vou inventar uma injeção para adormecer todas as crianças do mundo aos doze anos e só despertá-las quando já tiverem no mínimo vinte e cinco.

— Ela também é muito ajuizada e solitária... — continuou dona Margarida, já sem grandes esperanças, lágrimas grossas escorrendo pela face bochechuda.

Por razões que só ele conhecia, a palavra solidão afetava muito o gigante. Depois de um longo silêncio, ele disse:

— Está bem. Vamos fazer uma experiência. Não pode me encher e quero que seja invisível neste Castelo. Quando eu não estiver presente, ela pode apanhar os livros que quiser na biblioteca, mas deve lê-los em seu quarto e, depois de lidos, recolocá-los no mesmo lugar onde os encontrou. Faça-a decorar as regras do Castelo e principalmente cumpri-las.

— O senhor é tão bom. Nem sei como agrade...

— Não me encha.

Dona Margarida já ia se retirando da biblioteca quando o Ogre a chamou.

— Pois não, senhor.

— Lembre-se: invisível, não me encher e ficar longe do quarto azul.

— Claro, senhor — disse dona Margarida e saiu apressada da biblioteca.

Na verdade, ela havia esquecido completamente da regra sobre o quarto azul. Aceitara tão naturalmente a determinação que jamais tivera curiosidade alguma de saber o que havia naquele aposento proibido. Era o próprio Ogre que o limpava e arrumava, e a porta estava permanentemente trancada. Agora, ela teria de impor essa condição à sua sobrinha sem maiores explicações, até porque ela mesma não sabia explicar o porquê da proibição.

"Não teremos problemas!", pensou. "Ela ficará tão contente em viver neste Castelo maravilhoso com tanta coisa para ver que nem pensará no quarto azul."

Na biblioteca, o Ogre retomou sua conversa com o anão, que se chamava Friedrich Nietzsche[6] — pronuncia-se Nitche —, que ficara de olhos fechados, sentadinho numa enorme poltrona o tempo todo em que o Ogre falara com dona Margarida.

— Então, Friedrich? — disse o Ogre em alemão. — Que história é essa de tradição e contradição?

Meia hora depois, o Ogre botou o anão debaixo do braço, subiu até o seu laboratório, enfiou-o dentro de uma caixa para em seguida colocá-la numa estante ao lado de outras caixas onde dormiam os outros anões.

7
ROSÁLIA

Rosália era muito bonita. Moreninha, tinha belos olhos negros emoldurados por fartas sobrancelhas. Era doce e meiga, mas podia ser agressiva quando magoada. Além de gostar de ler e de música, era excelente cozinheira. Embora desajeitada para algumas coisas, era caprichosa na limpeza e arrumação da casa. Por outro lado, era desorganizada com seus objetos pessoais. Enfim, era uma pessoa contraditória — como todo o mundo —, mas muito querida pelos que conviviam com ela.

Agora, no ônibus que a conduzia de Brejo Seco a Esperança, pensava no Ogre. As notícias sobre ele já haviam chegado à roça e a faziam tremer de medo. Por outro lado, pensava, sua tia não a convidaria para morar no Castelo de um monstro.

Rosália chegou num dia de sol muito bonito. Sua tia foi esperá-la no portão. Abraçou-a carinhosamente. As duas caminhavam pelo jardim em direção ao Castelo quando Rosália ficou paralisada. Correndo em sua direção vinha um enorme jaguar. O bicho usava óculos e, quando chegou perto dela, olhou-a com curiosidade. Depois sacudiu a cauda e passou carinhosamente a cabeça em suas pernas, como se fosse um gatinho. Ronronando, afastou-se e desapareceu atrás de um baobá[7].

— Este bicho é engraçado. Embora míope, sabe exatamente quem entra neste Castelo com boas intenções.

— E o que ele faz com quem entra com más intenções? — perguntou Rosália, lívida de susto.

— Não sei nem quero saber! — respondeu dona Margarida.

"Um Ogre? Um jaguar?", pensava Rosália, que continuava morrendo de medo apesar da tranquilidade da tia, que, contente, pensava que agora teria alguém para conversar e ajudá-la nas tarefas domésticas. Além disso, era alguém muito especial.

Entraram no Castelo e dona Margarida falava sem parar. Se, por um lado, Rosália queria escapar, por outro estava maravilhada com tudo o que via. Sir Anthony Hopkins, o mordomo, foi gentil mas distante e altivo. Já Gaston Leroux, o cozinheiro, todo sorrisos, lhe mostrou a cozinha fantástica e falava tanto quanto dona Margarida, mas infelizmente muito rápido e em francês. Mesmo que entendesse a língua, ela não teria prestado atenção, pois eram tantas as maravilhas, os objetos de arte, os móveis, as tapeçarias e os milhares de livros na biblioteca.

Finalmente chegaram ao quarto que a tia havia preparado para ela. As paredes pintadas de cor-de-rosa muito claro e suave combinavam com seu nome e seu modo de se comportar. A peça era pequena, mas bem maior que o seu antigo quarto. Tinha tudo com que podia sonhar: um bom armário, uma cômoda, uma penteadeira, uma estante com alguns livros e uma escrivaninha, coisa que sempre almejara ter. Tudo muito branquinho e limpo. Num jarro, um buquê de rosas que sua tia colhera no jardim. Adjacente ao quarto, tinha um banheiro pequeno. Pequeno mas só dela.

"Que luxo!", pensou a menina, já um pouco mais alegre do que temerosa.

— Agora vou te deixar sozinha, pois tenho o que fazer. Aproveite para arrumar suas coisas e descansar da viagem.

Quando dona Margarida fechou a porta atrás de si, Rosália sentou-se na cama, afofou o colchão e os travesseiros. Pensou: "Tudo vai dar certo". No mesmo instante lembrou-se do Ogre e um arrepio percorreu seu corpo, ao pensar que teria de se defrontar com o dono de tudo aquilo. Quando desfazia as malas e colocava as poucas roupas no armário, notou um quadro-negro onde estava escrito: TIRADO AÇÚCAR DA ÁGUA DO MAR O É — e em letras menores — *Verdadeiro ou falso?*

Rosália foi até o quadro-negro, apanhou o giz e escreveu em sua letra muito jeitosinha: "O açúcar é tirado da água do mar". E em seguida: *falso.*

Trancou a porta do quarto, tomou um banho, vestiu seu pijaminha, deitou-se e dormiu imediatamente.

8

ARAMIS

Aramis[8] era filho do padeiro. Seus pais eram pobres e foi com muita dificuldade e com o auxílio do conteúdo de um misterioso envelope que abriram o pequeno negócio.

Aramis queria ser mais do que apenas o filho do padeiro. Tinha doze anos e sonhava com algo muito maior do que a padaria podia lhe oferecer.

"Você vive no mundo da lua", costumava dizer sua mãe, dona Hortênsia, ao vê-lo sozinho, sentado no chão, do lado de fora da casa, olhando o céu, coisa que fazia o tempo todo. Olhava para o céu de dia e de noite, chovesse ou fizesse sol. Gostava de imaginar coisas. Era capaz de ficar horas a fio imaginando o que gostaria de estar fazendo, em vez de fazer o que estava fazendo. Quando corria para distribuir os pães para os pais, se perguntava o que teria acontecido com o passo que acabara de dar. Haveria um lugar para onde se recolhiam os passos perdidos? Certa vez, vendo o trabalho de minúsculas formigas, perguntou-se se os seres humanos também não passariam de simples formigas que viviam dentro de um formigueiro gigante. De outra feita, sonhou que sonhava que era um gato que sonhava que era um homem. Ao acordar perguntou-se se não seria apenas o sonho de um gato.

Seu pai, pensava ele, também deveria ter sido em outros tempos um sonhador, para lhe pôr o nome de um famoso mosqueteiro. O que um famoso mosqueteiro poderia fazer em Esperança? Desiludido, imaginava como seria se ele não fosse ele. Imaginava uma outra cara, um outro corpo, uma outra altura. Imaginou durante anos um outro menino, com outra altura, outro corpo e tanto imaginou que acabou inventando um amigo invisível. Deu-lhe até um nome: Athos.

Athos era capaz de fazer tudo o que ele não conseguia. Quando jogavam juntos, era sempre vencido por ele. Athos era melhor em tudo. É claro que isso não agradava muito a Aramis, pois ao lado de Athos ele sempre levava a pior. Resolveu então inventar um outro amigo. Este, ao contrário, era incapaz de fazer qualquer coisa corretamente. Ao contrário de Athos, que era mais bonito, mais alto, mais inteligente, Porthos — este o nome que lhe dera — era desajeitado, gordo e meio burro. Em compensação, tinha um belo coração e um belo caráter. Ao lado dele, Aramis se engrandecia. Com os dois amigos imaginários se sentia muito bem acompanhado.

A mãe de Aramis se preocupava com o filho que falava sozinho. Às vezes o surpreendia discutindo consigo mesmo e temia que estivesse ficando louco. Quando lhe perguntava com quem estava falando, o menino dizia:

— Com amigos que só eu posso ver.

— Com ninguém, então? — perguntava a mãe.

E Athos, que era mais inteligente, respondia por ele:

— É claro que estou brincando, mamãe. Brincando de teatro.

E a mãe voltava a suspirar aliviada.

— Então pare de brincar e vá entregar esses pães na casa de dona Magnólia.

E lá iam os três, felizes da vida.

Athos e Porthos eram o segredo de Aramis. Seus dois amigos invisíveis eram a *sua* turma. À sua turma ele confiava todos os seus sentimentos, seus medos e planos. Eles, por sua vez, o ajudavam a se sentir mais seguro na escola e em casa. Começou a melhorar nos estudos, pois Athos lhe fazia a cabeça e era Porthos quem se encarregava das palhaçadas e das bagunças que ele gostaria de fazer.

Os três ficaram conhecidos por toda Esperança e a notícia do garoto que olhava para o céu e falava sozinho acabou chegando ao Castelo — como tudo o que acontecia na cidade, aliás.

Certa manhã, Aramis estava do lado de fora da padaria quando um cachorrinho vira-lata mas muito bonitinho aproximou-se dele e disse:

— Oi, Aramis. Eu sou D'Artagnan.

Aramis tentou falar com o cachorro, mas ele, embora entendesse tudo, jamais voltou a lhe dirigir a palavra.

A partir desse dia, os três mosqueteiros viraram quatro, como no livro de Alexandre Dumas que seu pai lhe dera de presente quando completara dez anos.

Os quatro amigos iam vivendo muito bem suas vidas até que surgiu um personagem inesperado: Rosália.

9

FORA DO CASTELO

Rosália já vivia há um mês no Castelo. Todas as manhãs encontrava uma frase escrita no quadro-negro do seu quarto. Por exemplo: PERIGOSO VULCÃO DE VIVER É UM PERTO. E depois a pergunta: *Verdadeiro ou falso?* No caso particular, ela escrevera É PERIGOSO VIVER PERTO DE UM VULCÃO e respondera *verdadeiro*. Perguntava-se quem entrava em seu quarto para escrever os enigmas e principalmente como e quando entrava. Perguntava-se também se não estaria vivendo perigosamente, pois não vivia perto de um vulcão, ou seja, de um Ogre?

O Castelo, porém, era tão maravilhoso, tinha tantas coisas bonitas, que acabou por esquecer-se do Ogre. Quando não estava ajudando a tia nas tarefas domésticas ou aprendendo francês com Gaston Leroux ou lendo os livros maravilhosos que apanhava na biblioteca, passeava pelos jardins, brincava com o jaguar míope e podia passar horas vendo o jardineiro mudo e de longas barbas brancas falar com as flores, os arbustos e as árvores. Mas se era mudo — perguntará o leitor —, como falava? Através de gestos, e as flores, árvores, arbustos e até os legumes respondiam gesticulando também. Às vezes, com ajuda do vento, outras não. Rosália sentia saudades dos pais eventualmente, mas no geral estava feliz, muito feliz.

Um dia, dona Margarida achou que já estava na hora de ela sair um pouco do Castelo. Disse-lhe:

— Minha filha, já é tempo de você conhecer Esperança. Vá até à padaria do seu Alexandre e da dona Hortênsia e traga os pães mais fresquinhos.

Nesse momento, ouviu-se um urro vindo do terceiro andar.

Como Sir Anthony Hopkins continuou imperturbável lendo seu jornal inglês favorito, o *The Independent*, dona Margarida teve certeza de que o patrão queria falar com ela.

— Espere um pouco aqui, querida — disse para Rosália e subiu as escadas correndo tanto quanto sua idade e peso permitiam.

A porta do gabinete do Ogre estava aberta, o que significava que ela podia entrar. Ao percebê-la, ele tirou os olhos de um livro enorme que lia e disse:

— Dona Margarida, devo comunicar-lhe que a guria, a Rosália, realmente não enche e é muito inteligente. A senhora mandou-a para Esperança. Espero que saiba o que está fazendo. Ela não pode abrir o bico e a responsabilidade é sua.

— Mas ela não sabe de nada.

— Esperemos que continue assim. Está dispensada.

Rosália esperou a tia voltar e depois foi ao seu quarto arrumar-se toda. Dona Margarida achou que a sobrinha exagerava, mas depois concluiu que era natural que quisesse se enfeitar para conhecer as pessoas da cidade, que àquela altura já sabiam da nova moradora do Castelo. As notícias correm rapidamente numa cidade pequena como Esperança. Entregou-lhe a lista com mais alguns ingredientes solicitados por Gaston Leroux e recomendou:

— Tome cuidado e fale pouco.

Rosália saiu do Castelo com uma cesta de vime. Usava um vestido rosa claro e cabelos presos. Dirigiu-se à padaria. Aramis estava atrás do balcão. Estivera discutindo com seus amigos o método mais eficiente para acabar com as baratas no mundo inteiro. Porthos achava que deviam inventar um bicho que se alimentasse delas. Athos, sempre informado, disse que já existia esse bicho e que se chamava gato. O problema é que preferia ratos a baratas. Para que ele passasse a uma dieta de baratas, teriam de eliminar primeiro os ratos. Aramis não sabia o que dizer quando surgiu Rosália.

"Ela é a coisa mais bonita que já vi", pensaram os três ao mesmo tempo.

Rosália aproximou-se do balcão, cumprimentou Aramis e passou-lhe a lista de compras. Aramis estava emudecido. Se Athos não lhe desse um empurrão, ficaria olhando para a bela menina com cara de bobo. Finalmente disse:

— Bom dia, em que posso servi-la?

— Tem mais alguém aqui além de nós dois? — perguntou Rosália.

— Não, por quê?

— Achei que você estava conversando com alguém.

— Impressão sua. O que vai querer?

— Está tudo aí na lista que, por sinal, está na sua mão — disse Rosália, divertida.

— Claro, claro.

Graças a Athos, Aramis conseguiu juntar pães, manteiga, queijo, creme de leite e geleias, que colocou dentro da cesta de vime.

Enquanto isso, Porthos o cutucou:

Pergunta quem é ela, pergunta!

— Quem... quem... quem é você? — ele perguntou, do modo desajeitado de Porthos.

— Sou Rosália, a sobrinha de dona Margarida.

— Então é você a nova moradora do Castelo do Ogre?

— Sou sim — respondeu Rosália, levemente superior.

— E como é que ele é? — perguntou Aramis, falando por Athos.

Rosália murchou como o seu ar de superioridade. Deu-se conta de que não conhecia o Ogre. Jamais o havia visto. Apenas ouvira seus urros e suas gargalhadas.

— Bem, eu quase não o vejo. É uma pessoa muito ocupada. Está sempre trabalhando no seu gabinete. — Como não tinha mais o que dizer, falou rapidamente. — Além disso, estou com pressa. Tenho de ir embora, pois minha tia está me esperando.

— Mas diz logo, como é o Ogre? — insistiu Porthos desastradamente, pela boca de Aramis.

Assustada, Rosália pagou e saiu chispando antes que lhe fizessem outra pergunta. Deixou atrás de si um leve aroma de botões de rosa.

Os três amigos estavam novamente sozinhos na padaria. D'Artagnan, que ignorava Porthos e Athos, dormia do lado de fora. Athos assumiu o comando. Dirigiu-se a Porthos:

— Está vendo? Assustou a menina. — E para Aramis: — É isso que dá ir pela cabeça do Bolota. — Era assim que ele chamava Porthos.

E Aramis:

— Está vendo, Porthos? A culpa foi sua.

Porthos tentou se defender, mas os dois lhe viraram a cara.

Rosália saiu perturbada da padaria. Pela primeira vez passou a achar estranho não conhecer o senhor do Castelo. Só não o esquecera por causa dos urros e das gargalhadas. Pensou: "Tenho tanto medo dele que nem penso nele". Decidiu que queria conhecê-lo. "E se ele não existir?". Estava tão perdida entre os próprios pensamentos que nem notou D'Artagnan, que a acompanhou até os portões do Castelo do Ogre.

À noite, enquanto jantava à mesa da copa com Gaston Leroux, Sir Anthony Hopkins e sua tia, perguntou:

— Quem é o Ogre?

O silêncio se instalou na enorme copa. Era tão silencioso que derrubou o chapéu de mestre-cuca de Leroux.

Depois de um minuto que pareceu uma hora, dona Margarida lhe disse:

— Faça de conta que ele não existe.

— Faça de conta que ele não existe — disse-lhe o cozinheiro.

— Faça de conta que ele não existe — disse-lhe o mordomo.

Um passarinho começou a cantar.

Nesse momento, Tirésias, o jardineiro de longas barbas brancas, cego e mudo, mãos sujas de terra, meteu a cabeça pela abertura da porta da cozinha e disse:

— Faça de conta que eu não existo.

— Mas seu Tirésias fala? — perguntou Rosália.

— Quando quer, de dez em dez anos, e ainda assim apenas palavras que considera muito importantes, senhorita — disse, empertigado, Sir Anthony Hopkins. — De qualquer maneira, pode ter sido o patrão. De vez em quando ele se disfarça como o velho Tirésias.

Rosália ficou ainda mais confusa.

Ao despertar na manhã seguinte, a menina leu no quadro-negro: CURIOSA MUITO SER A DEVE NÃO CURIOSIDADE. *Verdadeiro ou falso?*

Passou-se uma hora antes de Rosália escrever A CURIOSIDADE NÃO DEVE SER MUITO CURIOSA, mas ela não soube dizer se a afirmação era falsa ou verdadeira.

10

CURIOSA CURIOSIDADE

Somente uma semana depois, dona Margarida pediu à Rosália que fosse fazer compras de novo. Dessa vez deveria ir ao armazém de dona Azaleia. Arrumadinha, fita nos cabelos, a menina saiu do Castelo com a lista de compras e o cesto de vime. Mal passou pelo portão e deu de cara com D'Artagnan, o cachorrinho vira-lata, que a acompanhou muito animado.

Pouco antes de chegar ao armazém, Rosália e D'Artagnan avistaram seu Pelópidas, que caminhava em direção contrária e vinha discutindo acaloradamente com sua anta de tênis.

— Bom dia, Rosália — disse o carequinha. A anta limitou-se a fazer um meneio com a cabeça.

Dona Azaleia, ao ver a menina entrar no seu estabelecimento, muniu-se do seu melhor sorriso.

— Bom dia, Rosália, seja bem-vinda.

Rosália assustou-se com aquela simpatia toda da bela mulher que falava com sotaque francês, e respondeu:

— Bom dia!

— Eu sou madame Azaleia e você já deve ter ouvido falar de mim pela sua tia, não é? Você vai gostar muito daqui. — E antes que a menina pudesse responder: — Aliás, já deve estar gostando porque tenho certeza de que está sendo muito bem tratada, não é verdade?

Rosália abriu a boca para responder, mas dona Azaleia foi mais rápida:

— Gosto muito da sua tia, embora a veja pouco. Gostaria de visitá-la algum dia, mas meu marido me proibiu de ir ao Castelo. Aliás, creio que a proibição vem do próprio Ogre. Quer um *croissant*? Acabei de fazer uma fornada. Ainda estão quentinhos. Vamos, prova um!

Rosália não tinha como recusar e a tagarelice da mulher a deixara meio zonza. Pensou: "Pelo menos, enquanto como, não preciso falar". Santa ilusão. Logo surgiram as perguntas:

— Mas, afinal, minha filha, como é o Ogre?

Dona Azaleia manteve os imensos olhos verdes fixos na menina, ávida por uma resposta, aliás, por muitas respostas. Um silêncio enorme caiu sobre o estabelecimento, sem se machucar, como é do feitio dos verdadeiros silêncios. A menina tentou apelar para o mesmo recurso que usara com Aramis algum tempo atrás:

— Bem, eu quase não o vejo. Está sempre muito ocupado trancado em seu laboratório. Mas — interrompeu-se — tenho de ir, pois minha tia pediu-me que não demorasse.

Azaleia não se satisfez com a resposta. Tomou a lista das mãos de Rosália e com toda a lentidão do mundo começou a procurar os pedidos solicitados pela governanta.

— É verdade o que dizem dele? — perguntou dissimuladamente, como quem não quer nada.

— Não sei o que dizem dele não, senhora.

Nesse momento, Rosália se deu conta de que estava com medo do que poderia ouvir.

— Ah, coisas...

Rosália caiu na armadilha da francesa e se ouviu perguntando:

— Que coisas?

— Dizem que o Ogre é descendente de alienígenas que surgiram na Terra há muitos séculos; dizem que tem poderes mágicos. Dizem que no Castelo — falou quase sussurrando — existe um quarto azul onde o Ogre faz ouro.

— Eu não sei nada disso não, senhora.

— Dizem que ele transforma pessoas em coisas só com o olhar. Dizem que ele transforma pessoas em bichos só com o olhar. Dizem que muitos anos atrás havia um prefeito corrupto em Esperança que desapareceu misteriosamente. No dia seguinte apareceu na cidade, sem que se soubesse de onde, um porco enorme que atendia pelo nome de Barrão. Ora, o apelido do prefeito era Barrão e ele era gordo e enorme, antes de desaparecer, é claro. Dizem que transformou uma mulher num passarinho.

Enquanto a mulher falava, Rosália pensava na frase sobre o excesso de curiosidade e imaginou-se transformada em passarinho. Apavorada, pegou o cesto de vime e saiu correndo do armazém, deixando a lista de compras atrás de si. Chegou ao Castelo esbaforida sem saber o que dizer à tia. Dona Margarida, que era simplória mas não era burra, logo imaginou o que poderia ter acontecido. Procurou acalmar a sobrinha, que aos poucos foi se recompondo e acabou por contar-lhe sua conversa com dona Azaleia. Rosália morria de vontade de fazer mil perguntas à tia, mas morria ainda mais de medo do Ogre.

— Calma, minha filha, calma — disse-lhe dona Margarida. — Foi culpa minha. Eu deveria ter ido com você para mostrar-lhe como se lida com essa madame fofoqueira.

Mas as palavras de dona Azaleia não saíam da cabeça de Rosália. Finalmente conseguiu perguntar:

— É verdade, tia, o que dizem dele? Me diz, me diz. — E sem esperar pela resposta da tia: — Acho melhor nós duas fugirmos daqui.

— Minha querida, você acha que se o que dizem do Ogre fosse verdade, eu estaria trabalhando com ele há tantos anos? É uma pessoa muito generosa. Aliás, é por causa da generosidade dele que você está aqui. Pedi para você morar aqui e ele concordou sem hesitar — disse dona Margarida, que se permitia algumas mentiras inocentes. Precisava acalmar a garota.

Rosália tranquilizou-se um pouco, mas as palavras da tia não conseguiram saciar sua curiosidade.

— E o quarto azul? Onde fica o quarto azul?

Margarida sentiu um frio percorrer sua espinha.

— Foi Azaleia quem te falou dele, não foi?

— Foi. Falou do quarto azul e disse que o Ogre é capaz de fazer ouro. Deu a entender que ele pode me transformar num passarinho se lhe der na telha.

— Olhe, Rosália, se ele faz ouro eu não sei te dizer. Existe um passarinho no Castelo, mas ninguém o viu. Quanto ao quarto azul, preste bem atenção, pois o que vou te dizer é muito importante e eu deveria ter dito no dia da tua chegada. O quarto azul existe, mas é proibido entrar nele. Nunca ninguém, a não ser o Ogre, abriu aquela porta. Ninguém sabe o que há atrás daquelas paredes. É proibido. Não perguntar pelo quarto azul e de modo algum tentar entrar nele são as condições para você permanecer nesta casa e ter uma boa educação. Nunca mais toque nesse assunto nem comigo nem com ninguém.

— E quando é que eu vou conhecer o Ogre? Por que não o vejo nunca? — perguntou Rosália.

— Se ele quiser, você o verá e somente na hora em que ele quiser. Agora, vá tomar um banho, pois vou precisar que você me ajude com algumas tarefas.

Rosália obedeceu à tia, mas a curiosidade havia se apossado dela, como uma espécie de gripe passada por dona Azaleia, e ela não sabia por quanto tempo conseguiria contê-la. Quando acabou de tomar seu banho, notou no quadro-negro as seguintes palavras, que não estavam lá quando ela entrara no quarto: CORTESIA A IMPÕE CONVIVÊNCIA A. *Verdadeiro ou falso?* Rosália escreveu A CONVIVÊNCIA IMPÕE A CORTESIA. E depois *verdadeiro*. Em seguida, ela e mais a sua curiosidade foram encontrar-se com dona Margarida.

11

TRÊS MOSQUETEIROS E UM CÃO

Desde que haviam conhecido Rosália, Aramis, Porthos e Athos não falavam de outra coisa. Pelo menos ele sentia uma dorzinha no coração quando pronunciava o nome da menina. Estava amando e não sabia. Athos um dia surpreendera Aramis escrevendo o nome de Rosália com graveto na rua de terra batida atrás da padaria. Escrevia e apagava com o pé para escrevê-lo novamente. Foi muito gozado por Athos:

— Você é um paspalhão mesmo! Como pode achar que uma menina tão bonita vá olhar para o filho do padeiro?

Os três estavam zangados com D'Artagnan, que acompanhara Rosália até o armazém de dona Azaleia e não lhes dissera nada.

— Para um D'Artagnan, esta fábrica de pulgas deixa muito a desejar — disse Athos.

D'Artagnan deu-lhe uma mordida na perna, mas como Athos era invisível, limitou-se a rir do cachorro.

Athos e Aramis estavam zangados com Porthos, a quem chamavam de Bolota, que também estava zangado consigo mesmo. Achava que estragara tudo. Aramis não parava de censurá-lo por ter sido tão metido:

— Você assustou a menina, seu idiota! Viu como ela saiu correndo? Por que você tinha de ficar enchendo meus ouvidos com perguntas cretinas? Hein? Hein?

Porthos já estava quase chorando. Fazia força para conter as lágrimas, embora soubesse que depois ficaria com dor de cabeça. Isso acontecia sempre, mas ele preferia a dor de cabeça ao vexame de chorar na frente dos dois amigos. Athos ainda piorava a situação com sua superioridade e seu equilíbrio racional:

— Eu sabia que vocês iam estragar tudo.

A presença de Athos, com sua perfeição, era um pouco incômoda para Aramis. Na verdade, com todos os seus defeitos, Bolota era uma companhia mais agradável. Ao lado de Athos, sentia-se um verme, inseguro e frágil. Ao lado de Porthos se sentia o máximo. Athos andava de um lado para outro tentando encontrar uma solução para o estrago.

— Já sei! Já sei! Tive uma ideia — gritou Porthos, o rosto balofo iluminado. — Vamos até o Castelo devolver o cesto de vime que ela esqueceu aqui. Levamos uns doces de presente para Rosália e a tia e podemos aproveitar também...

— Pare de dizer bobagens — disse Athos, com a soberba de sempre. — Ela não esqueceu cesto algum aqui.

— Mas a gente finge que ela esqueceu — ainda tentou argumentar o gordinho, mas foi interrompido por Athos:

— Além disso, não estou interessado em Rosália. Quero mesmo é enfrentar o Ogre e descobrir o mistério desse quarto azul.

— Pois eu queria mesmo era ser amigo da Rosália — disse Porthos e Aramis teve de concordar com ele.

— Porque você é um imbecil e só pensa asneiras. Eu sim é que tenho um plano — retrucou Athos.

Aramis já estava irritado com a discussão dos dois, mas não queria tomar partido.

— Então conte-nos o seu plano — pediu Porthos.

— A ideia é brilhante. Eu sou invisível, não é mesmo? Isso quer dizer que posso entrar no Castelo sem que ninguém me veja. Vou até lá, descubro tudo e volto para contar para vocês. Que tal?

— Negativo — discordou Porthos. — Eu também sou invisível. Ou vamos os dois ou não vai ninguém.

— Só tem um probleminha — disse Aramis. — Sem mim vocês não podem ficar muito tempo em lugar algum. E eu não sou invisível.

Pronto. Haviam voltado à estaca zero. Não tinham um plano para ver Rosália. Aramis decidiu pelos três:

— Vamos até lá para observar o portão e os muros. Tenho certeza de que encontraremos alguma pista.

De repente, sentiram-se grandes detetives.

12
AVENTURA

A tarde estava nublada e dona Margarida, ansiosa. Não gostava das saídas furtivas do patrão. É claro que não demonstrava isso e não ousava fazer-lhe qualquer pergunta. Quando ele vestia sua longa capa negra e seu chapéu ainda mais negro, era porque pretendia sair montado em seu cavalo, mais negro que o chapéu e a capa. Às vezes levava algum anão para acompanhá-lo, outras não. Aliás, um dos anões, chamado Bertrand Russell[9], eventualmente distribuía misteriosos envelopes durante a madrugada. Os fundos do Castelo davam para um bosque — coisa que

poucos sabiam — e era por ali que o Ogre costumava sair montado em seu cavalo Diabo Negro.

Era natural que os habitantes da cidade julgassem o filho do padeiro meio aluado. Se alguém o visse rondando o Castelo e discutindo acaloradamente com a própria sombra, certamente pensaria que ele tinha um parafuso a menos.

Ajudado por Athos e Porthos, Aramis escalou o muro coberto de heras do Castelo. Chegando ao topo, avistou o jaguar míope, que se aproximou com uma cara de quem tinha muita fome. Desceu do muro imediatamente. Os três já estavam quase desistindo quando ouviram os relinchos de um cavalo. Embrenharam-se no bosque a tempo de ver o Ogre e seu cavalo de costas. O animal mais voava que corria.

— Assembleia geral! — disse Aramis.

Os três voltaram para a frente do Castelo acompanhados de D'Artagnan.

— O negócio é o seguinte — disse o menino aos mosqueteiros invisíveis. — Tenho certeza de que quem vimos sair a cavalo foi o Ogre. Vamos...

Nesse momento viram D'Artagnan, ou melhor, viram só o rabo de D'Artagnan desaparecer por um buraco no muro onde somente um cachorro pequenino como ele poderia passar. Enquanto os três se entreolhavam, ouviram um urro tremendo: GRRRROOUU!!!

"O jaguar almoçou o D'Artagnan", pensaram todos ao mesmo tempo.

— Acho melhor a gente encerrar os trabalhos por hoje — disse Athos.

— Não, senhor — contestou Porthos, com espantosa autoridade. — Não vou deixar jaguar algum almoçar nosso amigo canino. Aramis, por favor, suba até o topo do muro e veja o que está acontecendo.

Depois de hesitar por alguns minutos, ajudado pelos amigos invisíveis, Aramis chegou ao topo do muro e viu D'Artagnan no maior papo com o jaguar. Desceu e informou o que vira.

— Ótimo — disse Athos. — Podemos escalar o muro e penetrar no Castelo.

— Para você é fácil encher a boca e dizer "Vamos escalar o muro e entrar no Castelo". É invisível, mas eu não sou. E se o jaguar não me achar tão simpático quanto o D'Artagnan? Vamos fazer o seguinte: deixamos os dois conversando e vamos tentar encontrar uma entrada pelo bosque.

Porthos, todo coragem alguns momentos antes, agora tremia de medo, mas tudo o que disse foi "Estou morrendo de frio".

Meteram-se bosque adentro, passando por todo tipo de árvores e flores misteriosas. Num determinado momento, um anãozinho gordinho e de barbicha passou por eles correndo e falando para si mesmo: "O patrão precisa encontrar a fórmula, precisa, ah se precisa, precisa sim". Mas aparentemente não os viu e, se viu, não deu maior importância.

Acabaram numa clareira onde havia um estábulo, certamente para o cavalo do Ogre. Pouco mais adiante, completamente aberta, a porta da cozinha do Castelo.

Como Athos era invisível, Aramis pediu que ele fosse na frente e avisasse de qualquer perigo. Athos entrou na enorme cozinha, que estava deserta. "Dona Margarida e Rosália devem estar lá dentro", pensou. Ao se deparar com a fartura da cozinha, disse para si mesmo: "Isto é que é vida para mim", e em seguida chamou Porthos e Aramis, que também ficaram pasmos diante de tanta abundância. Estavam nisso quando ouviram passos. Aramis, influenciado por Athos, imediatamente escondeu-se na despensa. Os outros se lixaram, pois não eram invisíveis?

Dona Margarida e Rosália entraram na cozinha conversando alegremente. "Será que vão passar a tarde inteira aqui?", pensou Aramis. Mas elas, depois de tomarem uma chávena de chá cada uma, saíram em direção à escada que dava para o segundo andar do Castelo.

Aramis saiu da despensa e convocou os amigos:

— Atrás delas.

Dona Margarida e Rosália logo desapareceram num dos quartos do segundo andar. Os meninos subiram até o terceiro andar, procurando o quarto azul. A ausência do Senhor do Castelo os animava a prosseguir. Mal sabiam eles que essa ausência dera a mesma ideia à Rosália. Aliás, ela tinha muito mais informações do que os três mosqueteiros. Já dominava quase todos os espaços da casa e descobrira uma porta no gabinete do Ogre que dava para uma pequena peça onde havia uma escada em espiral. Cismara que o quarto azul era no alto da escada, numa torre quase totalmente escondida pelas árvores. Descobrira, graças a uma conversa entre Sir Anthony Hopkins e sua tia, que a chave do quarto azul ficava escondida dentro do gabinete do Ogre, mas o lugar certo só ele sabia.

Rosália subiu as escadas para o terceiro andar. Sua tia estava entretida na cozinha, trocando receitas com o cozinheiro Monsieur Gaston Leroux. A menina aproximou-se do gabinete do Ogre quase de costas, de olho na escada. Nesse meio tempo, também de costas, Aramis e seus amigos saíam do gabinete do Ogre, de olho nas janelas que davam para o bosque, pois temiam o súbito retorno do "monstro".

Pronto, esbarraram-se! De costas! Os dois tiveram de tapar a boca para não gritarem. Depois de alguns segundos ambos disseram:

— O que é que você está fazendo aqui?

— Eu moro aqui — respondeu Rosália. — Você já se esqueceu?

Aramis não sabia o que responder e Porthos e Athos não ajudaram em nada. Respondeu o que lhe ocorreu no momento, o que não deixava de ser verdade.

— Vim ver você — respondeu aflito.

— Eu? E posso saber por quê?

— Bem... eu fiquei preocupado com você aqui neste Castelo assustador. Achei que poderia estar correndo algum perigo...

— Quem está correndo perigo é você — disse a menina, preocupada e sentindo-se um tanto responsável pelo garoto.

Sem se darem conta, os dois acabaram se descobrindo dentro do gabinete do Ogre.

— Você precisa sair daqui imediatamente! — disse a menina. — O Ogre já deve estar voltando e, se ele te apanhar aqui, não quero nem pensar no que vai fazer contigo.

— O que é que ele vai fazer? Me conta. É verdade que pode me transformar no bicho que bem entender?

— É verdade, sim — disse Rosália para assustá-lo, e nesse momento se calaram, pois ouviram os passos do Ogre subindo a escada.

Os dois ficaram com os pés grudados no chão. E Porthos e Athos que haviam desaparecido! "Quando mais preciso deles", pensou Aramis. Antes da entrada do Ogre, porém, os dois amigos invisíveis já estavam ao lado dele. Athos, decidido como sempre, apontou para um compartimento na parte inferior da estante de livros e foi lá que Aramis se escondeu. Rosália parecia uma barata tonta. Não conseguia sair do lugar e não conseguia arranjar um pretexto para a sua presença.

Nesse momento um vulto enorme tomou conta da entrada da porta. Ainda de chapéu e capa preta, o Ogre parecia emanar uma luz que se espalhava pelo aposento e não permitia que a menina visse seu rosto com clareza.

O Ogre passou por ela como se não a houvesse visto e sentou-se numa enorme poltrona num canto do aposento. Pés pregados no chão, Rosália ouviu sua voz grave:

— Você é Rosália?

— Sssou... ssim... sssenhor — disse a menina para a direção de onde viera a voz.

— E posso saber o que a senhorita está fazendo aqui?

— Um camundongo — respondeu Rosália, na falta de resposta melhor.

— Um camundongo? — repetiu o Ogre e ficou em silêncio algum tempo, como se refletisse sobre o assunto. Diante do silêncio do Ogre, Rosália tomou coragem:

— É, um camundongo. Vi um camundongo subindo pela escadaria e vim atrás dele. Aí ele entrou em seu gabinete e eu...

— É — interrompeu o patrão —, parece que agora temos um camundongo muito curioso nesta casa, não é mesmo?

— Parece, né?

— Não parece nada — disse o Ogre. — Nesta casa só existem os bichos que eu quero e não quis nenhum camundongo, entendeu? A senhorita é uma mentirosa e o mínimo que se pede de camundongas mentirosas é que tenham um pouco de imaginação.

Rosália não conseguia falar e, envergonhada, também não conseguia evitar as lágrimas que corriam por sua face.

— A curiosidade nos revela coisas que preferíamos não descobrir — disse o Ogre mais para si mesmo do que para a jovem intrusa. Mais alguns minutos de silêncio e um urro: VOCÊ ESTÁ PROIBIDA DE ENTRAR AQUI, ENTENDEU?

Rosália sentiu o assoalho tremer sob os seus pés.

— Entendi, sim senhor. Não se preocupe que eu entendi.

— AGORA, SUMA! — berrou o Ogre.

Mas Rosália não conseguia desgrudar os pés do chão. Além do medo que sentia, pensava em Aramis, que ficaria trancado no aposento com o Ogre. Se o Ogre o descobrisse, pensaria que ela o havia convidado a xeretar.

— SUMA! — repetiu o Ogre.

Sem outra alternativa, a menina saiu e o Ogre trancou-se em seu gabinete.

— Que guri chato! — disse Rosália em voz alta enquanto descia as escadas.

Além de ter atrapalhado os seus planos, pois não tivera tempo para procurar a chave do quarto azul, ainda lhe trouxera encrenca. Agora se via ligada a esse menino a quem só vira uma única vez e que nunca parecia estar sozinho, estando sozinho ou não. Rosália foi para o seu quarto e deitou-se na cama pensando num modo de retirar Aramis do gabinete do Ogre. Ele trancara a porta e ela pensava que a única outra saída era em direção à torre, onde presumia que ficasse o quarto azul. Perguntava-se o que podia haver de tão importante numa torre tão pequena. Ela já subira a escada em forma de caracol, mas dera de cara com uma porta trancada, é claro.

Olhou para o quadro-negro e surpreendeu-se com as seguintes palavras: MORTE DA É ASSASSINA CRIAÇÃO A. *Verdadeiro ou falso?*

Assustada com a palavra "morte", Rosália não conseguiu colocar a frase na ordem certa e consequentemente não soube dizer se ela era falsa ou verdadeira.

O tempo foi passando e nada. Não lhe ocorria ideia alguma para ajudar Aramis. Por outro lado, o silêncio que reinava no Castelo indicava que o Ogre ainda não descobrira o menino.

— Isso é problema dele — ela acabou dizendo em voz alta, como se quisesse convencer a si mesma. — Se ele entrou sozinho no Castelo, que saia sozinho também.

13
ENCURRALADOS

Pela fresta do compartimento na base da estante, os três amigos conseguiam ver o Ogre eventualmente. Viram quando ele tirou a capa e o chapéu. Não era um homem feio. Parecia mais triste que assustador. Por um longo tempo ficou olhando para a porta do compartimento. Duas grossas lágrimas desceram por seu rosto marcado por algumas rugas. Deu um grito como se alguém houvesse trespassado seu coração com um punhal. Foi até uma das enormes janelas panorâmicas e deu um assobio. Em seguida retirou uma caixa da estante e a abriu. De dentro dela saiu William Shakespeare[10], um anãozinho com um cavanhaque e uma calva que ia até a metade da cabeça. Na nuca usava um rabo de cavalo e sua roupa se parecia com a dos mosqueteiros de Alexandre Dumas.

Sem maiores preâmbulos, o Ogre perguntou em inglês:

— Você acha, Bill, que chegou o inverno da minha desesperança?

— Não estou seguro — respondeu o anão. — Há mais coisas entre o céu e a terra do que pode imaginar nossa vã filosofia.

O Ogre levantou-se da poltrona e abriu a porta do gabinete. Para surpresa dos três amigos, quem entrou foi D'Artagnan, que saltou no colo do Ogre. Com Shakespeare num joelho e D'Artagnan no outro, o Ogre travou um estranho diálogo com o anão e o cachorro. Estranho porque se tratava de uma língua que nem Aramis, nem Porthos, nem Athos haviam ouvido antes. Alguma coisa mais ou menos assim:

Ogre: — Morin tanger kuth yag?

Shakespeare: — Gonu Kward nas kerdo.

D'Artagnan: — Tchun krawda atsui pal Moskvita.

Continuaram nesse bate-papo louco até que o Ogre abriu a porta para o cachorro sair e botou Shakespeare dentro da sua caixa.

Nas horas de aperto, Aramis costumava deixar as coisas por conta de Athos, como já sabemos. Racional e frio, ele não se deixava levar pelo desespero, ao contrário de Porthos, que já estava choramingando. Athos disse para Aramis:

— Está vendo? Esse teu cachorro é um traidor.

— Não é traidor nada — discordou Porthos.

— Deve haver uma explicação — disse Aramis.

— Já está escurecendo e nós não vamos poder sair daqui — preocupou-se Porthos, tremendo as banhas.

O Ogre caminhava pelo gabinete. Fez isso por mais de quinze minutos, e os meninos não tinham como escapar.

— Esse monstro vai te fritar vivo — disse Athos.

— Se me fritar, vocês também estão fritos.

— Ai, Ai, Ai — lamuriou-se Porthos.

— Ainda vou dar um jeito de reverter essa situação — disse Athos, mas na hora os dois amigos não entenderam o que o terceiro quisera dizer com essas palavras.

Os três esperavam que o Ogre saísse do gabinete e deixasse a porta aberta. Mas não foi isso que aconteceu. O Ogre saiu, mas trancou a porta e levou a chave.

Os três respiraram aliviados e saíram do compartimento. Athos tomou a liderança:

— Deve haver uma cópia da chave por aí — disse ele. — Deve haver um meio de sair daqui com vida.

— Pare de me assustar — queixou-se Porthos.

Os três procuraram por uma cópia da chave como alucinados. Aramis recomendou que deixassem tudo no lugar para o Ogre não acusar Rosália. Olharam embaixo dos tapetes, atrás dos quadros, nas gavetas e nada. Já estavam quase desistindo quando Athos sugeriu:

— Atrás dos livros.

Foi com desânimo que Aramis olhou para os milhares de livros dispostos nas estantes que cobriam as paredes entre as janelas panorâmicas. Porthos, desajeitado, começou a olhar livro por livro.

— Deixe de ser bobo, Bolota — disse Athos. — Precisamos de método. Primeiro tiramos grupos de livros e olhamos se o Ogre não escondeu as chaves atrás deles. Depois, se não encontrarmos nada, olharemos dentro de cada um.

Nesse momento, Porthos, que havia se afastado, notou um livro grande e pesado que parecia grudado na estante.

Athos se aproximou e, mais jeitoso que o amigo, com alguma dificuldade, conseguiu levantar o volume. Isso acionou uma espécie de alavanca. Uma parte da estante do tamanho de uma porta destacou-se e se abriu, revelando uma passagem secreta. Uma intensa luz azul iluminava o caminho que dava para uma escada. Ela só descia. Mas para onde? Esquecidos que podiam ler os pensamentos uns dos outros, os três pensaram ao mesmo tempo: "Inferno?". Os três hesitaram. Inferno ou Ogre? Enquanto estavam nesse dilema, a porta começou a se fechar. Os meninos entraram rapidamente na abertura e desceram as escadas sem dificuldades, pois a luz azul as iluminava. Chegaram a um corredor comprido, ladeado por portas. Todas trancadas. Uma luz azulada saía por debaixo delas. Continuaram seguindo pelo corredor cheio de curvas que mais parecia um labirinto. Quando pensaram ter chegado ao final do corredor, ele se dividiu em dois e depois em mais dois. Athos decidia por onde deveriam seguir. Finalmente parecia que o corredor estava acabando.

É o inferno! — gritou Porthos.

14

ENTREVISTA

Preocupada com Aramis, Rosália dormiu mal a noite inteira. Sentia-se um tanto culpada por não ter feito nada para ajudá-lo a sair da encrenca em que se metera. E se o Ogre tivesse ordenado a Monsieur Leroux para cozinhá-lo? *"Porc Flambé à l'Aramis"*, disse para si mesma utilizando o francês que aprendera com o cozinheiro. Logo, porém, descartou a ideia. Monsieur Leroux era um homem gentil e certamente se horrorizaria só de pensar numa coisa dessas. Foi tomar um banho de chuveiro e, quando já estava se vestindo no quarto, leu no quadro-negro: AS NÃO APARÊNCIAS ENGANAM. *Verdadeiro ou falso?* Acostumada a colocar as frases na ordem correta quase todos os dias, Rosália foi ao quadro-negro e escreveu AS APARÊNCIAS NÃO ENGANAM.

De repente, deu-se conta de uma coisa da qual já deveria ter desconfiado há algum tempo. Quem quer que estivesse escrevendo aquelas frases, em verdade, estava enviando mensagens para ela. Estava querendo que ela não apenas as decifrasse como um simples quebra-cabeças, mas que tomasse uma decisão; pensasse por sua própria conta, escolhesse entre o certo e o errado, botasse a mente para funcionar, enfim.

Toda a sua vida sempre soubera que as aparências enganavam, que não se podia julgar alguém pelas aparências, pelo seu aspecto exterior. Não diziam que uma cara feia escondia um bom coração? Dona Azaleia não era linda e no entanto maledicente? E se a pessoa que escrevia as frases truncadas no quadro-negro estivesse querendo lhe dizer que as aparências enganam? Mas se isso fosse verdade, então o simpático Monsieur Leroux poderia ser um cozinheiro de crianças? E sua tia poderia ser uma criminosa? Mas em tal caso o terrível Ogre seria um belo ser humano? E dona Azaleia seria uma pessoa inofensiva? A confusão invadiu sua mente e a deixou zonza. Afinal de contas, as aparências enganavam ou não? Na dúvida, não escreveu nem falso e nem verdadeiro.

Ao chegar à cozinha, verificou que o café ainda não estava pronto como de costume. Monsieur Leroux desculpou-se:

— *Pardon, mademoiselle* — disse ele. — Estou atrasado porque o patrão acordou-me às três horas da manhã. Trazia um leitão e exigiu que eu o preparasse na hora. Devorou-o em menos de quinze minutos.

Pouco tempo depois entrou na cozinha sua tia, acompanhada de Sir Anthony Hopkins e do jardineiro Tirésias. Sentaram-se à mesa e começaram a se servir do farto café da manhã que Monsieur Leroux enfim acabou de preparar: café, leite, chá, torradas, ovos, brioches, mel, queijo e presunto. Todos comiam em silêncio, menos Rosália, que perdera completamente o apetite. Olhava para a tia, o mordomo, o jardineiro e o mestre-cuca. Amigos ou inimigos? Verdadeiros ou falsos? Culpados ou inocentes? Bons ou maus?

Rosália estava perdida entre esses devaneios sinistros quando um urro ecoou pelo Castelo e quem sabe pela cidade inteira.

Os três homens continuaram comendo tranquilamente, mas dona Margarida se levantou abruptamente e teve de se amparar à mesa para não cair. Deixou escapar entre os lábios:

— Ah, meu Deus!

Saiu correndo e voltou cinco minutos depois.

— O patrão quer falar com você, minha filha.

Rosália começou a tremer. Sua tia teve de ampará-la e a acompanhou até a sala. Longe dos ouvidos dos empregados do Ogre, ela perguntou à menina:

— O que foi que você fez, Rosália? Por que o patrão quer falar com você? Nunca o vi tão agitado.

— Eu não fiz nada, titia.

— Então vá falar com ele.

— Eu tenho medo que ele me mate e depois mande o cozinheiro me assar no forno!

— Deixe de dizer bobagens, menina. Meu medo é que ele te mande embora. E eu já tinha tantos belos planos para o seu futuro.

— Eu vou é fugir daqui — disse Rosália.

— Ele não vai te fazer mal. As aparências enganam, não sabe? O máximo que ele pode fazer é te expulsar do Castelo. Nesse caso eu saio com você. Tenho algumas economias e podemos nos instalar tranquilamente em Esperança.

Um pouco — mas muito pouco, quase nada — mais tranquila, Rosália subiu as escadas em direção ao terceiro andar. "Em direção à toca do monstro", pensou enquanto gotas de suor desciam pelas suas pernas.

Bateu timidamente à porta.

— ENTRE! — berrou o Ogre.

Rosália abriu a porta e entrou. O quarto imenso estava todo iluminado, menos o canto onde o Ogre devia estar sentado, garfo e faca nas mãos, pronto para destrinchá-la.

— Bom dia, senhor — disse Rosália tentando esconder o medo.

— DESEJO A VOCÊ UM BOM DIA — urrou o Ogre. — MAS NEM SEMPRE O QUE DESEJAMOS SE REA-

LIZA. CASO CONTRÁRIO, SERÍAMOS TODOS MUITO FELIZES, NÃO É MESMO, ROSÁLIA?

— Acho que é, sim senhor. — E antes que o Ogre pudesse berrar mais alguma coisa: — Queria me desculpar com o senhor pelo que aconteceu ontem...

— Você já se desculpou ontem e as pessoas não devem passar a vida se desculpando. — O Ogre disse essas palavras num tom de voz grave, mas mais suave, quase paternal. — Você é uma menina muito curiosa. A curiosidade, como tudo nesta vida, tem aspectos positivos e negativos. A curiosidade nos ajuda a nos tornar mais inteligentes, criadores e até mesmo mais humanos. Mas, quando serve apenas para meter-se na vida dos outros, é extremamente deplorável. A pessoa que mais amei no mundo ainda sofre e ainda me faz sofrer. Tudo por culpa da MALDITA curiosidade. — O Ogre fez uma pausa e Rosália teve a impressão de que o monstro chorava.

— Desculpe, senhor.

— Olhe aí você se desculpando de novo.

— Reconheço que sou curiosa, mas... como não ser curiosa quando dizem tantas coisas a seu respeito?

— Dizem, é? E o que é que dizem?

Com um pouco menos de medo do homem enorme e misterioso, Rosália respondeu:

— Dizem que o senhor tem poderes mágicos, que transforma pessoas em *porcos* — sublinhou bem a frase para ver se o Ogre teria alguma reação — e é capaz de fabricar ouro.

O Ogre deu uma sonora gargalhada e Rosália pensou: "Esse monstro é muito estranho. Numa hora está chorando, noutra rindo".

— E o que mais dizem? — perguntou ele.

— Dizem também que aqui no Castelo existe um quarto azul onde ninguém pode entrar.

Nesse momento fez-se um silêncio tão pesado que se prestássemos atenção poderíamos ouvir uma pena de passarinho caindo no meio do oceano.

— Um quarto azul? — perguntou o Ogre, muito sério. — Quem lhe disse isso, senhorita? Foi sua tia?

— Não, senhor — apressou-se em dizer Rosália, já temendo pela vida da tia. — A primeira pessoa que me falou do quarto azul foi madame Azaleia, a mulher do seu Pelópidas.

— Dona Azaleia! — disse o Ogre e exclamou em seguida: — A COISA JÁ FOI LONGE DEMAIS!

O urro do Ogre foi tão assustador que alguns livros caíram da estante.

Novo e prolongado silêncio.

— Como o senhor vê, foi a curiosidade alheia que atiçou a minha — Rosália se arriscou a dizer, quase num sussurro.

Novo silêncio e então o Ogre falou com voz grave mas serena:

— Menina, algumas coisas são verdades e outras não, como tudo neste mundo idiota.

Rosália pensou: "Já que cheguei até aqui, vou arriscar um pouco mais". Alguém havia lhe dito que a História não fala dos covardes, mas ela não sabia se isso era falso ou verdadeiro.

— E Aramis? — perguntou.

— Que Aramis?

— O filho do padeiro.

— Sei, pareceu-me um bom menino. Você o conheceu?

— Conheci na padaria.

Novo silêncio, durante o qual Rosália se questionou por que o Ogre havia feito a pergunta no passado ("Você o conheceu?") e não no presente ("Você o conhece?").

— Rosália — disse o Ogre —, eu sou um ser muito ocupado. Preciso criar. Não posso ser perturbado por ninguém. Se eu não criar, eu morro e, se eu morrer, morre um mundo.

Um silêncio ainda mais longo. O Ogre perguntou com voz normal:

— O que é que você está fazendo aqui? Por que ainda não foi embora?

— Estou aqui — arriscou Rosália — porque o senhor mandou me chamar e ainda não fui embora porque o senhor não me deu permissão.

— É verdade. Mandei chamá-la para lhe dizer que a considero uma jovem inteligente e de bom caráter, embora curiosa, mas esse assunto já foi discutido. Chamei-a também para dizer-lhe que tenho planos para seu futuro, que pode ser maravilhoso, desde que não me encha. Pode se retirar e tenha um bom dia.

— Posso lhe fazer uma última pergunta antes de sair?

— Santa curiosidade! — exclamou o Ogre. — Faça a pergunta.

— Como é o seu nome?

— Prometeu[11].

— Prometeu o quê?

— Prometeu, este é o meu nome. Só Prometeu. Agora suma.

Um alçapão pareceu abrir-se no chão e Rosália escorregou para dentro dele. Fechou os olhos e quando os abriu, um segundo depois, estava na sala do primeiro andar. Dirigiu-se à cozinha e surpreendeu sua tia, Gaston e Sir Anthony Hopkins sorrindo sorrisos que lhe pareceram sinistros. Quando a viram, fingiram se ocupar com outras coisas.

15

NA NOITE ANTERIOR

Na noite anterior, quando Porthos gritou "É o inferno!", Athos respondeu:

— Não seja bobo, Bolota! Não está sentindo o cheiro de terra molhada? Vamos sair no bosque.

E realmente no bosque saíram. Quando passaram pela cachoeira, a noite já caíra e foi com alguma dificuldade que desceram a montanha e chegaram à cidade. Athos sentia-se triunfante e orgulhoso, pois sabia que os dois paspalhos, como os chamava, atribuíam a ele a sua salvação.

Quando chegaram em casa, a mãe de Aramis estava preocupada.

— Onde é que você esteve, menino?

— Mãe, nem te conto — foi dizendo Aramis muito entusiasmado quando Athos o cutucou e disse: *Não conte nada para ela.*

— O que foi que houve, menino? — perguntou a mãe.

— Estive passeando por aí. — Como ela continuasse esperando por maiores explicações, ele disse: — A senhora sabe que o D'Artagnan fala uma língua que eu não entendo?

— Que D'Artagnan? — perguntou a mãe.

— D'Artagnan, o cachorro.

— E ele fala?

— Ah, deixa pra lá, mãe, a senhora não ia entender mesmo. Nem eu entendo.

No quartinho de Aramis, os três amigos passaram algum tempo trocando impressões. Acabaram dominados pelo sono, que cedo ou tarde acaba vencedor. Algumas horas depois Aramis já estava acordado novamente. As lembranças surgiam na sua cabeça como um quebra-cabeça. Levantou-se e decidiu olhar o céu, mas o que queria mesmo era conversar com os outros dois mosqueteiros. Resolveu pôr a calça, pois fazia frio na varandinha. Quando a levantou da cadeira, ouviu um tilintar de metal. Meteu a mão no bolso e descobriu duas chaves grandes, uma de ouro e outra de prata. Eram pesadas e estavam presas por uma argola.

"Que chaves serão essas?", pensou. "Como vieram parar no meu bolso?"

Vestiu a calça e voltou para a varanda.

Athos começou a conjeturar:

— Alguém pôs as chaves no teu bolso — disse, olhando para o gordo, que estava muito quietinho.

Porthos resolveu confessar. Quando tentara retirar o livro que parecia grudado à estante do Ogre, encontrara aquelas chaves. Com a confusão gerada pela abertura da passagem secreta, esquecera-se de repô-las no lugar e as colocara no bolso de Aramis. Na verdade, pensara que poderiam utilizá-las mais tarde.

— E agora? — perguntou Aramis. — Como é que vamos fazer?

— Teremos de voltar ao Castelo para devolver as chaves — disse Athos, com voz autoritária, sem confessar que desejava voltar por outros motivos.

— Você diz isso porque... — disse Aramis.

— Já sei... já sei — interrompeu Athos. — Porque sou invisível. Mas invisível ou não, teremos de voltar e enfrentar o monstro.

— Tomara que ele não tenha dado pela falta das chaves — disse Porthos.

Naquele momento, no jardim do Castelo, D'Artagnan conversava animadamente com o jaguar.

De pijama, no quintal da sua casa, seu Pelópidas Paracelso conversava com sua anta de tênis.

Dona Azaleia conversava consigo mesma e fazia planos para o dia seguinte.

Do Castelo ecoou o canto de um passarinho, que mais parecia o pranto de uma mulher.

Aramis esqueceu-se de olhar para o céu. Tivesse-o feito, teria visto estrelas chovendo sobre Esperança.

16
PRISIONEIRA DO TERROR

Rosália estava aterrorizada. Ao mesmo tempo que sentira uma certa ternura na voz do Ogre — tivera até a impressão de que ele chorara —, estava convicta de que transformara Aramis num leitão para depois devorá-lo. Deitada em seu quarto, porta trancada, começou a pensar nas coisas estranhas que o Ogre lhe falara. Voltou-se para o quadro-negro e encontrou novamente a frase desconexa que não soubera decifrar: MORTE DA É ASSASSINA A CRIAÇÃO. *Verdadeiro ou falso?* Foi até o quadro-negro, apanhou o giz e escreveu resolutamente: A CRIAÇÃO É ASSASSINA DA MORTE. Por outro lado, pensou, seria mais lógico: A MORTE É ASSASSINA DA CRIAÇÃO. Abriu um caderninho e nele escreveu:

1) Ogre. Assassino ou benfeitor?

2) Ogre. Precisa criar para não morrer?

3) Ogre. Para poder continuar criando se alimenta de seres humanos?

4) Tia Margarida. Por que insistiu para que eu, de repente, viesse morar no Castelo? Por que não escolheu uma das minhas irmãs?

5) Tia Margarida. Por que às vezes a surpreendo rindo sozinha? Pouco a conheço. Será uma tia querida ou uma bruxa a serviço de um monstro?

6) Gaston Leroux. Gentil professor de francês ou um canibal?

7) Anthony Hopkins. Por que seu quarto está sempre trancado? Que segredos esconde?

8) Tirésias. Se é mudo, como fala de dez em dez anos? Se é cego, como consegue ser o melhor jardineiro do mundo? Por que cria belezas que não pode ver?

9) Aramis. Morto ou vivo?

10) O que esconde a torre? O que há de tão terrível no quarto azul? Quem é o passarinho? Por que seu canto é tão triste?

Nenhuma resposta para tantas perguntas.

Foi até o quarto da tia e bateu na porta. Ouviu sons estranhos, como se alguém estivesse tirando os móveis do lugar, escondendo alguma coisa. Rosália teve a impressão de que dona Margarida levara uma hora para abrir a porta, quando na verdade levara menos de um minuto.

Dona Margarida sorriu para Rosália. Um sorriso que lhe pareceu sinistro e maligno.

— O que você deseja, minha querida? — perguntou dona Margarida.

— Queria permissão para ir à cidade passear um pouco. Talvez pudesse fazer compras para a senhora.

Tentou olhar para dentro do quarto, mas a tia lhe bloqueava a visão.

— Por que passear numa cidade tão sem graça, queridinha? Passeie pelos jardins do Castelo. Há tantas coisas belas para serem vistas.

— É que eu queria encontrar crianças da minha idade.

— Infelizmente, hoje não será possível, meu bem. O patrão foi taxativo. Hoje é dia de você ter aula de piano com Sir Anthony Hopkins. Sinto muito. Agora, com licença que está na hora da minha sesta.

Rosália experimentou a porta do quarto de Gaston Leroux. Estava aberta. Um quarto limpo, bem arrumado e que seria normal, não fosse um quadro que exibia um bando de africanos em volta de um caldeirão onde um homem de olhos esbugalhados estava sendo fervido. Quando passou pela cozinha, viu o mestre-cuca, que cantava *"Paris c'est une femme"* enquanto decepava o pescoço de uma galinha. Aterrorizada, a menina correu ao jardim, onde encontrou Tirésias debaixo de um baobá lendo um livro: *Vênus nua*. Encheu-se de coragem e perguntou:

— Se o senhor é cego, seu Tirésias, como está lendo um livro?

— Que livro? — perguntou o cego.

Rosália desceu o olhar para as mãos do jardineiro e elas estavam vazias. O livro havia desaparecido.

Ainda em estado de choque, Rosália voltou ao Castelo. Tentava abrir a porta do quarto de Sir Anthony Hopkins quando sentiu uma mão pesada em seu ombro.

— Rosália!

Virou-se e deu de cara com ele mesmo, Sir Anthony Hopkins.

— É hora da sua aula de piano, senhorita. — O mordomo não comentou o fato de ela estar ali, tentando entrar em seu aposento.

Durante uma hora, no mais absoluto silêncio, Rosália estudou piano. Deu-se conta de que tinha uma quase intimidade com o instrumento. Hopkins nada falava. Eventualmente dava um tapinha na mão da menina quando ela pressionava a tecla errada.

Estavam no meio da aula quando dona Margarida entrou na biblioteca.

— Sir Anthony — disse —, o patrão quer vê-lo.

O mordomo saiu atrás de dona Margarida e Rosália correu até a cadeira onde ele pendurara o seu fraque. Encontrou o que procurava num dos bolsos. Uma chave. Correu até o quarto do mordomo, abriu a porta e quase caiu no chão de susto. Nas paredes, facas, espadas, punhais, clavas e ainda um quadro de Maria Antonieta[12] sendo decapitada.

Saiu correndo do quarto e voltou à biblioteca. O mordomo ainda não retornara. Recolocou a chave no bolso do fraque e sentou-se quietinha à frente do piano, como a menina educada que julgavam ser. Mas tremia.

Acabada a aula, passou pelo quarto da tia, que sempre lhe parecera absolutamente normal: cama, armário, penteadeira, máquina de costura sobre a qual repousava um belo corte de seda azul muito escura. Dessa vez, porém, abriu as gavetas da cômoda e numa delas encontrou vários vidros, cada um com ervas e grãos diferentes. Até mesmo o quadro na parede, que sempre lhe parecera normal — a bruxa oferecendo a maçã envenenada para Branca de Neve —, lhe deu calafrios na boca do estômago.

O jantar transcorreu no mais absoluto silêncio, com exceção de um comentário de Sir Anthony Hopkins:

— O patrão urrou a noite inteira.

Cortando um pedaço de salame com os olhos ávidos de prazer, o cozinheiro respondeu:

— De fome é que não foi.

À noite, antes de ir para a cama, Rosália sentou-se na sua escrivaninha, tirou o caderno da gaveta e escreveu:

Ogre — monstro.
Gaston Leroux — canibal.
Tia Margarida — bruxa.
Sir Anthony Hopkins — assassino.
Tirésias — maníaco sexual.
Passarinho — ?

Já dizia o poeta Mário Quintana que o HORROR, com seus hirtos erres e seus ós de espanto, é uma palavra que tem medo da própria significação. Pois o horror tomara conta de Rosália. Tremia debaixo dos cobertores. Acalmou-se um pouco, depois de fazer suas orações e de pensar em Aramis. Estaria morto? Teria conseguido escapar? Menino estranho. Às vezes parecia gentil e cordato, outras intempestivo e autoritário, eventualmente medroso e abobalhado. Por um momento imaginou que ele também poderia fazer parte da conspiração contra ela, prisioneira de um Castelo onde viviam terríveis criminosos.

Por mais que tentasse, Rosália não conseguiu dormir. Às três da manhã ouviu passos pesados descendo as escadarias que davam para o primeiro andar. De camisola, saiu do seu quarto mantendo as luzes apagadas. Pé ante pé, tremor por todo o corpo, encaminhou-se à cozinha, onde havia uma luz acesa. O Ogre estava sentado à mesa e bebia vinho. Bebia diretamente do garrafão. Pela primeira vez, conseguia ver seu rosto com absoluta clareza. Tinha quase dois metros de altura e era muito forte. Vestia calça de veludo, camisa branca e uma jaqueta também de veludo marrom. Seus cabelos eram brancos, mas de um branco saudável e não grisalho. Seu nariz era perfeito, grandes olhos azuis muito tristes e as maçãs do rosto salientes. Era um homem de uma idade indefinida, entre os 35 e 45 anos. E para o maior espanto de Rosália, era um homem extremamente bonito. "Parece um príncipe de contos de fada", pensou a menina. "Um príncipe que sofreu muito e passou por várias guerras."

Nesse momento, Rosália notou o passarinho mais lindo que já vira em toda a vida: era pequeno como um sabiá, mas tinha a cabeça azul-celeste e suas penas escureciam até a cauda, quando se tornavam de um azul-marinho muito profundo. O passarinho estava empoleirado num dos ombros largos do Ogre e passava delicadamente o bico no seu rosto, como se quisesse afagá-lo. Dos olhos do Ogre desciam grossas lágrimas, que caíam diretamente na mesa. Ele dizia para si mesmo: "Passarinho, passarinho, quando cantarás o hino que mudará o meu destino?".

O Ogre acabou de beber o que sobrara do garrafão de vinho. Quando se levantou, Rosália afastou-se para uma zona mais escura da sala. Com o passarinho no

ombro, o Ogre subiu as escadarias. Rosália o seguiu a alguns metros de distância e viu ele entrar em seu gabinete sem fechar a porta. Subiu as escadas que conduziam à torre e voltou sem o passarinho. Vestiu a longa capa negra e pôs o chapéu ainda mais negro na cabeça. Começou a descer as escadas, mas voltou-se de repente e retornou ao gabinete, como se houvesse esquecido alguma coisa. Quando reapareceu na escada, trazia uma caixa de cerca de um metro debaixo do braço. Na pressa, esquecera as chaves na porta do seu gabinete.

O Ogre saiu do Castelo e Rosália ficou sentadinha num degrau da escadaria, rodeada pelo medo e pela escuridão. Esperou ouvir o som das patas do cavalo Diabo Negro contra a terra e só então, depois de estar certa de que o patrão de sua tia (seria sua tia mesmo?) se encontrava bem longe, é que se aventurou a subir as escadas.

O luar que entrava pelas enormes janelas panorâmicas iluminava o gabinete. A primeira coisa que Rosália fez foi ir até o compartimento debaixo da estante principal. Correu as portas e foi com alívio que verificou a ausência de Aramis. "Claro, sua idiota, como ele poderia estar aqui se foi transformado em leitão?" Pensou em seguida: "Como um homem tão belo pode ser tal monstro?".

Notou que no alto de uma estante, enfileiradas, de pé, umas ao lado das outras, havia dezenas de caixas iguais àquela que o Ogre carregara consigo. Subiu numa cadeira e verificou que todas as caixas tinham uma placa na sua base. Em cada uma, um nome: Confúcio, Aristóteles, Heródoto, Platão. Abriu esta última e viu um anão velhinho e careca, que usava uma toga branca e dormia profundamente. Leu ainda nomes como Virgílio, Maimônides, Dante, Erasmo, Maquiavel, Montaigne, Cervantes, Shakespeare. Todos dormiam profundamente. Abriu a caixa em cuja placa estava inscrito o nome de Molière[13]. Esse anão, vestido de mosqueteiro, também dormia. De repente, porém, deu um sorriso, piscou um olho para ela e voltou a dormir. "Que anãozinho simpático", pensou Rosália. Abriu uma outra caixa onde estava escrito Freud[14]. Nela dormia um anãozinho de barba branca muito bem aparada e que vestia terno e gravata como um homem moderno. Ele abriu os olhos e perguntou: "Rosália, afinal de contas, o que querem as mulheres?". Assustada, a menina fechou a caixa e nesse momento ouviu o canto triste do passarinho.

A menina desceu da cadeira, recolocou-a no lugar e foi até a porta do gabinete, apanhou as chaves, abriu uma outra porta que conduzia à escada em forma de caracol. Ao fim da escada, outra porta. "Deve ser o quarto azul", pensou Rosália. "Entro ou não entro?", hesitou, mas a curiosidade acabou vencendo o medo. Na terceira chave que experimentou, a porta se abriu.

A imaginação de Rosália era grande, mas jamais teria imaginado o que via à sua frente. Um quarto de dormir de tapetes brancos e macios, uma cama de casal toda de ouro, belos quadros de motivos campestres nas paredes, uma penteadeira com um espelho imenso do mais puro cristal e, sobre ela, pentes e escovas de prata. Nos armários de marfim, os mais belos vestidos que já vira. Um banheiro de mármore azul com uma banheira de onde jorrava uma água cristalina de um chafariz. Ao lado da cama, um par de chinelas negras bordadas com fios de ouro e no meio disso tudo, numa gaiola dourada, estava o passarinho.

A porta da gaiola estava aberta e o passarinho voou em direção a Rosália e pousou em seu ombro. Com o bico afagou o rosto da menina. Uma paz e uma alegria enormes invadiram todo o seu ser. Arrependida por ter sido tão bisbilhoteira e com remorsos por haver imaginado que poderia encontrar um monstro na torre, Rosália passou levemente as mãos nas penas sedosas do passarinho, deu-lhe um beijo e o reconduziu até a gaiola.

Depois disso, saiu do quarto da torre, fechou a porta, desceu a escada em espiral e inspecionou o gabinete do Ogre para ver se havia deixado alguma coisa fora do lugar. Saiu, fechou a porta e colocou as chaves no buraco da fechadura, como o Ogre as havia deixado.

Já estava no salão do primeiro andar quando ouviu o canto do passarinho. Voltou-se e viu no alto da escada uma mulher belíssima: os cabelos negros caíam em cachos nos seus ombros, a pele muito branca, os lábios carnudos, olhos negros cintilantes. Usava um manto de princesa e sorria para ela o mais belo dos sorrisos. Quando Rosália, já sem medo, tentou aproximar-se do que julgava ser uma fada ou uma rainha, a imagem desvaneceu em pleno ar. "Era apenas uma imagem irreal", pensou Rosália, e surpreendeu-se ao notar que não sentia mais medo.

Rosália voltou para o seu quarto e a primeira coisa que viu ao acender a luz foram as seguintes palavras no quadro-negro: MAIOR AMOR É PERDER TORMENTO O O. *Verdadeiro ou falso?* Rosália escreveu sem pensar: O MAIOR TORMENTO É PERDER O AMOR. Achou a frase bonita, mas não soube responder, pois, como ainda não amara, não poderia ter perdido amor algum.

Caiu no sono imediatamente e sonhou com a bela rainha que vira no topo da escada. Ela a abraçava e dizia: "Agora que te reencontrei, nunca mais nos separaremos".

17
LIVRE

Quando Rosália apareceu na copa na manhã seguinte, sua tia e os empregados já tomavam o café da manhã. Todos a receberam alegremente e a tia falou sobre os elogios que Sir Anthony Hopkins fizera à sua aluna de piano. Gaston Leroux, enquanto lhe servia uma gostosa panqueca, disse:

— Rosália é uma excelente aluna de francês.

Dessa vez o apetite foi maior que o temor e as suspeitas. Mas enquanto comia, Rosália pensava: "Sei muito bem que sou prisioneira, mas por quê? O que é que essa gente quer comigo? Não posso confiar em ninguém".

Nesse momento tocou uma campainha. Todos se viraram para a parede onde abaixo de cada nome — Governanta, Mestre-cuca, Mordomo, Jardineiro — havia um sininho.

— Ele quer falar com você — disse Leroux a Sir Anthony Hopkins, que vestiu seu fraque e subiu as escadas levando o farto desjejum do seu patrão numa imensa bandeja.

Poucos minutos depois voltava o mordomo e sentava-se à mesa com os demais.

— O patrão parece alegre hoje.

— É claro — disse Gaston Leroux. — Em vez de urrar, tocou a campainha.

— Perguntou-me como estava se comportando a senhorita Rosália.

— E o que foi que o senhor respondeu? — perguntou a menina, levemente amuada.

— Que está se comportando maravilhosamente bem e nem poderia ser de outra maneira.

Alguns minutos depois tilintou o sino abaixo da plaqueta onde estava inscrito "Mestre-cuca".

O cozinheiro dirigiu-se ao quarto do patrão e, quando voltou, comentou:

— Ele passou-me o menu para o jantar de hoje à noite. Deve jantar com Monsieur Pelopidás Paracelsô — disse em seu sotaque francês. — Estava menos triste, mais entusiasmado. Informou que está às vésperas de uma grande descoberta. Perguntou como iam as aulas de francês de mademoiselle Rosaliá e eu fiz os maiores elogios à nossa menina.

Mal o cozinheiro fizera o comentário, o sininho tilintou outra vez. O Ogre queria falar com a governanta.

Dona Margarida desculpou-se e saiu carregando seu corpo gordinho em direção aos aposentos do Ogre. Quando voltou, disse à sobrinha que o patrão queria falar com ela.

Rosália pensou em perguntar à dona Margarida se ele estava furioso, mas desistiu. "Como os outros, ela vai mentir também", pensou. "Talvez ele queira me matar para o jantar de hoje à noite e assim tudo acaba de uma vez." Como um condenado que sobe ao cadafalso, Rosália foi se arrastando até o quarto do Ogre.

Bateu à porta e ouviu a voz dele:

— Entre.

O Ogre estava de robe de chambre e chinelos. Parecia ter saído do chuveiro.

— Bom dia, senhor.

— Bom dia. E como vai você nesta bela manhã, Rosália?

— Bem, muito obrigada.

— Ainda curiosa?

— Não — disse Rosália. — O senhor me explicou tudo direitinho ontem, não foi?

— Vejo que você tem senso de humor e isso é ótimo. Eu vivo de péssimo humor.

Rosália preferiu manter a boca fechada.

Depois de perguntar sobre seus estudos de francês e piano, o Ogre pediu que ela se aproximasse da janela. Ela não pôde deixar de notar que à luz do dia ele era ainda mais bonito e forte.

Rosália aproximou-se de uma das enormes vidraças que davam para o jardim e o Ogre a ficou observando. "Ele olha para mim como se eu fosse um quadro ou... uma leitoa."

Depois de observá-la longamente, e pedir-lhe que caminhasse para um lado e outro, o Ogre se aproximou.

Examinou seus olhos, seus lábios, afastou-se um pouco e disse, sorrindo:

— É extraordinário!

Deu-lhe um beijinho na testa e, ainda sorrindo, informou:

— Está dispensada.

— Tenha um bom dia, senhor.

— Um bom dia para você também, minha querida.

Rosália desceu as escadas, pensando: "Aos condenados à morte se dispensam todas as gentilezas".

Quando chegou à cozinha, depois de alguma hesitação, perguntou à dona Margarida:

— Tia, será que a senhora deixaria eu ir à cidade?

Dona Margarida levantou os olhos para ela e disse sorrindo:

— É claro, minha filha. Aliás, me faça um favor. — Tirou um lápis do bolso do avental e rabiscou algumas coisas num pedaço de papel. — Passeie bastante e depois passe na padaria e compre o que está nesta lista.

O mundo parecia ter desabado sob os pés da menina. Então não era prisioneira? Podia sair? Imediatamente, porém, as suspeitas se instalaram novamente na sua alma: "Todos foram bonzinhos porque querem que eu volte. E se eu voltar? O Ogre me transformará numa perua, numa gansa ou numa leitoa para me devorar? E o pobre do seu Pelópidas nem saberá que está degustando uma menina. Pobre nada. Ele deve ser cúmplice do Ogre".

Só respirou aliviada quando se viu fora do Castelo, com o cesto de vime enganchado no braço.

18

DESCOBERTAS E DÚVIDAS

Rosália dirigia-se à padaria quando ouviu alguém chamá-la. Era a voz estridente de dona Azaleia. Ela vinha correndo em sua direção.

— Rosália! Rosália! Espere um pouco.

A menina parou, irritada. Tudo o que não queria era encontrar aquela mulher faladeira.

Quando alcançou a menina, a bela Azaleia, depois de recuperar o fôlego, disse com calculada gentileza:

— Que bom te ver, queridinha. Eu estava justamente indo ao Castelo para levar as compras que você esqueceu no armazém no outro dia. — E realmente ela segurava um cesto de vime com alguns pacotes.

— Muito obrigada — disse Rosália —, mas a senhora não precisa ir até o Castelo. Vou à padaria comprar algumas coisas e depois levo tudo ao mesmo tempo.

— De modo algum, queridinha. Não vou deixar você maltratar sua beleza carregando todo esse peso.

Te acompanho até a padaria, você faz as compras e depois voltamos juntas ao Castelo. Eu carrego um cesto e você o outro. Nós mulheres devemos nos ajudar, pois pouco podemos contar com os homens — disse com ar cúmplice.

Rosália ainda tentou arranjar algumas desculpas para que a mulher a deixasse sozinha, mas não teve êxito. As duas acabaram entrando juntas na padaria.

Ao ver Aramis atrás do balcão, Rosália quase desmaiou de alívio e alegria. Sentiu mesmo vontade de abraçar o menino.

Dona Azaleia, vendo as duas crianças com os olhos grudados um no outro, pensou: "Aqui tem coisa!". Depois de alguns minutos de hesitação, Rosália quebrou o silêncio:

— Que bom te ver, Aramis — o que era absolutamente verdadeiro.

A presença de dona Azaleia não permitia que falassem abertamente sobre as muitas coisas que tinham para revelar. Procuraram se comunicar por olhares. E dona Azaleia continuava pensando: "Aqui tem coisa!".

Aramis queria pelo menos devolver as chaves à Rosália para que ela as pudesse recolocar no lugar antes que o Ogre desse pela falta. Não tinha como fazê-lo na frente de dona Azaleia, que não desgrudava os olhos dos dois. "Aqui tem coisa", pensava a francesa.

— Muito obrigado — disse Aramis. — É bom te ver também.

"Aqui tem coisa! Aqui tem coisa! Aqui tem coisa! Essas crianças não me enganam", pensava dona Azaleia.

Aramis tomou o cesto de vime das mãos de Rosália e começou a pôr os itens da lista dentro dele.

"Preciso dar um jeito de colocar as chaves dentro do cesto sem que dona Azaleia perceba", pensou

Aramis. "E tenho de explicar onde o Porthos as encontrou, senão não adiantará nada."

Como dona Azaleia não tirava os olhos deles, Athos lhe deu uma ideia: *Diz que vai pegar fermento fresco na cozinha e escreve um bilhete para a Rosália explicando que encontrou as chaves atrás do livro que não é livro. Depois, embrulha as chaves na lista de compras e coloca no cesto junto com o fermento.*

Mas eu não me lembro qual era o livro que não é livro — argumentou Aramis. — *Ela vai demorar muito tempo para encontrar o lugar certo.*

Mas eu me lembro — afirmou Athos, que tinha uma excelente memória visual. — *Era um livro de capa preta com grandes letras douradas, cujo título era esquisito. Alguma coisa como AB... qualquer coisa... AB... NINHO? Não. AB... NILO? Não. AB NIHILO!*

Sim, era isso. Agora Athos e, consequentemente, Porthos e Aramis tinham certeza. O nome do livro que não é livro era *Ab Nihilo*. Eles não sabiam o que isso queria dizer, mas o título era esse mesmo.

Aramis escreveu o bilhete no verso da lista e depois embrulhou com ela as chaves. Quando retornou ao balcão, dona Azaleia estava impaciente.

— Por que tanta demora, menino? A querida Rosália está com pressa.

Aramis colocou as chaves embrulhadas no fundo do cesto, sob os outros itens, mas se pensou que dona Azaleia não havia visto sua manobra, enganou-se redondamente. Os grandes olhos verdes da bela francesa não perdiam detalhe algum.

Aramis tentou cochichar alguma coisa aos ouvidos de Rosália quando se despediram. Ao ver isso, dona Azaleia também viu suas suspeitas se confirmarem. "Aqui tem coisa. Neste mato tem muito coelho. Vocês não enganam Azaleia", ela pensou triunfante.

As duas saíram da padaria e começaram a subir a grande montanha que levava ao Castelo. No meio do caminho, dona Azaleia disse:

— Queridinha, não suporto ver você carregando todo esse peso. Vamos trocar de cestos, pois o meu é mais leve.

Antes que Rosália pudesse reagir, dona Azaleia já havia trocado os cestos.

À Rosália só restou se lamuriar: "O Ogre não gosta de visitas".

19

AB NIHILO

— *Ab Nihilo*! — exclamou Aramis. — O que será isso?

— Não sei o que é *Ab Nihilo* — interferiu Athos. — Posso garantir, porém, que as chaves que você colocou no cesto de Rosália são as que abrem as portas dos corredores subterrâneos. Uma dessas portas certamente dá para o famoso quarto azul. Quanto a *Ab Nihilo*, talvez devêssemos ir à biblioteca da escola e descobrir o que é isso. Tenho certeza de que é muito importante. Deve ser latim.

Era isso que Aramis não entendia. Como Athos, afinal de contas, uma criação sua, um menino que ele inventara, podia saber mais do que ele mesmo? Porthos meteu sua colher:

— Estou preocupado com Rosália. Ela deve estar precisando de nós com o Ogre de um lado e a linguaruda da dona Azaleia do outro.

O amor falou mais alto. Aramis correu até seu quarto e voltou com um embrulho que parecia um canudo de cerca de meio metro. Depois olhou em volta e pegou um doce mil-folhas. Embrulhou-o direitinho.

— Para que esse canudo? — perguntou Athos.

— É uma coisa que quero dar para Rosália.

— E o mil-folhas? — perguntou Porthos, que adorava doces.

— Tire os olhos dele, Bolota. É um presente para a dona Margarida.

Como Aramis não demonstrasse disposição para revelar mais nada, os três saíram correndo em direção ao Castelo, deixando dona Hortênsia atrás do balcão da padaria se perguntando: "O que é que esse menino vai aprontar agora?". Dissemos "saíram os três", mas isso não é verdade. Saíram os quatro mosqueteiros, pois D'Artagnan os acompanhou para impedir que fizessem muitas bobagens.

Ao chegarem ao portão do Castelo, Rosália ainda tentou se livrar de dona Azaleia:

— Bem, muito obrigada, dona Azaleia. Daqui em diante, eu mesma carrego os cestos.

— De jeito nenhum, benzinho. Não se deixa trabalho algum pela metade. Além disso, preciso muito falar com sua tia.

Estavam nisso quando Aramis as alcançou.

— A mãe mandou este mil-folhas para dona Margarida.

"Mais um", pensou Rosália. "O Ogre não vai gostar nada disso." Por outro lado, a presença do menino dava-lhe maior segurança. Sentia-se protegida de dona Azaleia. Além disso, se o Ogre e seus empregados fossem mesmo um bando de criminosos, pelo menos ela não estaria sozinha.

Assim que atravessaram o portão do Castelo, o jaguar míope veio em direção a eles. Ao ver dona Azaleia, começou a rugir. D'Artagnan, porém, correu até a fera de óculos e latiu-lhe algumas coisas. Jaguar e cachorro deram as costas aos humanos e foram conversar com Tirésias, que se ocupava com um imenso jardim de tulipas holandesas.

Rosália recomendou:

— Por favor, falem baixo. O Ogre pode estar trabalhando e ele odeia barulho.

Assim que entraram na antessala do Castelo, Porthos, sempre desastrado, tropeçou numa coluna grega que sustentava uma escultura de mármore. Na tentativa de evitar que ela caísse no chão, fizeram mais barulho do que a escultura teria feito ao cair sobre o espesso tapete persa. Aramis estava recolocando o objeto de arte sobre a coluna quando surgiu Sir Anthony Hopkins com um rifle de dois canos nas mãos. A arma estava apontada para a cabeça de dona Azaleia.

Aproximando-se de uma área mais iluminada, Rosália disse ao mordomo:

— Por favor, Sir Anthony, não os mate. São meus amigos e já vão embora.

— Sinto muito — disse o mordomo. — Pensei que fossem ladrões. — Dito isso, deu-lhes as costas e voltou para o seu quarto.

"Até aqui, tudo bem", pensou Rosália e viu que tanto Aramis como dona Azaleia estavam com mais medo do que ela. Athos e Porthos haviam desaparecido. Dirigiram-se à cozinha. Tanto Gaston Leroux como o mordomo e dona Margarida estavam em seus respectivos quartos descansando ou — quem sabe — tramando coisas terríveis contra a humanidade. O Ogre podia estar em qualquer lugar, pois não tinha de dar satisfações a ninguém. E nem dava.

Estavam na cozinha depositando os cestos de vime sobre a mesa quando dona Margarida apareceu no umbral da porta. "É agora que seremos todos devorados. Pobre do seu Pelópidas, nem sabe que comerá um bife feito da própria mulher durante o jantar", pensou Rosália. Suando frio, tentou consertar as coisas:

— Titia, eu disse a eles para não entrarem, mas eles insistiram.

— Que bobagem — disse a governanta, sorrindo. — Se soubesse que teria visitas, prepararia alguma coisa especial. Sentem-se que já vou servir um cafezinho.

Aramis, que não suspeitava de dona Margarida, adiantou-se:

— Mamãe mandou-lhe este mil-folhas.

— Muito obrigada, Aramis. Estou contente que você e Rosália tenham se tornado amigos. Criança precisa de companhia de criança.

Enquanto tomava seu cafezinho, dona Azaleia disse:

— Eu queria tanto conhecer o seu patrão.

— Infelizmente, hoje, não será possível — respondeu dona Margarida. — O doutor Prometeu nem está em casa.

"Prometeu deve ser o nome do Ogre", pensaram Aramis e dona Azaleia ao mesmo tempo.

Dona Azaleia fez um ar decepcionado, mas na verdade estava satisfeita com a notícia.

— Ele é mesmo tão terrível quanto dizem? — arriscou-se a perguntar Aramis.

— É uma das pessoas mais generosas que conheço. Tem um belo coração. Ele espalha essas informações falsas sobre si mesmo para não ser perturbado em suas pesquisas. Trabalho para o doutor Prometeu há muitos e muitos anos. Antes mesmo de ele casar com dona Pandora[15].

— Dona Pandora! — exclamaram os três ao mesmo tempo.

— Quer dizer que ele é casado? — perguntou dona Azaleia, enquanto se indagava como alguém poderia casar-se com um monstro. "Deve ser por causa do dinheiro", pensou.

— É uma história muito longa e não tenho permissão para falar disso. Só posso lhe garantir que o doutor Prometeu é um belo ser humano.

— Nunca duvidei disso — disse dona Azaleia, que duvidava e muito. — Será que eu posso retocar a maquiagem no banheiro?

— Claro, fique à vontade — disse dona Margarida.

Dona Margarida indicou-lhe o caminho e dona Azaleia se retirou.

Nesse momento, Porthos e Athos regressaram e tanto eles como Aramis não desgrudavam os olhos do cesto de vime. Num dos dois, tinham certeza, estavam as chaves da porta do quarto azul. Dona Margarida disse:

— Rosália, venha comigo que quero te mostrar uma coisa.

A menina hesitou.

— Venha, bobinha, tenho certeza de que você ficará contente.

A contragosto a garota acompanhou a tia. Estava irritada, pois ainda não conseguira trocar uma palavra a sós com Aramis.

— Esteja à vontade, meu filho, que sua amiguinha voltará logo.

Como já dissemos, os três mosqueteiros não sabiam das suspeitas de Rosália e julgavam que junto à tia a menina estaria a salvo.

Assim que as duas atravessaram o umbral da porta, Aramis correu para o cesto com as compras da padaria. Claro! As chaves já não estavam mais lá. Dona Azaleia as havia surrupiado.

— Vamos ao gabinete do Ogre — disse Athos. — A língua de trapo deve estar lá.

Encontraram a porta aberta e dona Azaleia, de pé, paralisada como uma estátua. Olhos esbugalhados, ela apontava para a porta que dava para a escada em caracol que conduzia à torre.

Os três meninos pressentiram que ela ia dar o maior berro a qualquer momento. Isso acordaria o Cas-

telo inteiro. Aramis, incentivado por Athos, tapou-lhe a boca.

— Não grite. Se a senhora gritar, estamos todos fritos. Promete que não vai gritar?

Dona Azaleia fez um sinal afirmativo com a cabeça e Aramis tirou a mão da sua boca.

— Um monstro! — ela sussurrou, apontando para a porta.

— Passe-me as chaves que a senhora tirou do cesto — pediu Aramis. E a mulher:

— Pode ficar com essas malditas chaves. Eu é que não fico mais nem um minuto neste Castelo do diabo. — Dito isso, saiu porta afora e desceu as escadas desabaladamente. Pela janela, os meninos ainda a viram ser perseguida pelo jaguar e por D'Artagnan até atravessar o portão do Castelo e descer rolando a montanha.

Quando chegou em casa toda amarfanhada, seu Pelópidas lhe perguntou:

— O que houve contigo, Zazá?!

— Não me chame de Zazá e não ouse falar comigo, seu amigo de monstros!

— Que monstros?

— Estive no Castelo e vi uma bruxa de cabelos verdes, dentes enormes, reluzentes, olhos vermelhos como os do diabo e que dava gargalhadas horripilantes.

Dona Azaleia correu para seu quarto e seu Pelópidas informou ao empregado do armazém que a mulher não estava se sentindo bem e que ele ia ao quintal conversar com sua anta de tênis.

20

PORTAS DA PERCEPÇÃO[16]

Nenhum dos três meninos se lembrava de ter visto monstro algum quando perambulavam pelos labirintos dos subterrâneos do Castelo.

— E agora, o que vamos fazer?

— Botar as chaves no lugar e dar no pé — disse Porthos.

— Você é um covardão mesmo, hein, Bolota? — exclamou Athos. — O Ogre não está em casa. Vamos para o subterrâneo. Agora que temos as chaves, vamos abrir uma por uma aquelas portas até descobrir o quarto azul onde o Ogre fabrica ouro.

— E Rosália? — quis saber Aramis.

— É, isso mesmo! E Rosália? — repetiu Porthos.

— Rosália está com sua tia. Acham que aquela senhora bondosa pode fazer mal a uma mosca?

Os outros dois tiveram de concordar.

— Vocês caíram naquela história do Ogre ser um sujeito bonzinho chamado doutor Prometeu? — perguntou Athos.

— Eu acreditei — disse Porthos.

Aramis, não sabendo se havia acreditado ou não, deslocou o grande livro intitulado *Ab Nihilo* e imediatamente a estante se abriu, exibindo a passagem secreta para o subterrâneo. Antes que ela se fechasse novamente, Athos cutucou Aramis:

— Apanhe as chaves.

Aramis mostrou que já estavam com ele e os três entraram na passagem que dava para a escada descendente. Um segundo depois a passagem fechou-se atrás deles.

A suave e intensa luz azul iluminava a escadaria. Quando chegaram ao corredor, Athos e Aramis quiseram prosseguir. Antes de se aventurarem, Porthos lhes disse:

— Athos, você pode ser inteligente para algumas coisas, mas para outras é muito burro.

— O que é que você quer dizer com isso, Bolota?

— Tivemos um trabalhão para botar as chaves no cesto da Rosália, não é mesmo?

— É, e daí? — quis saber Athos.

— Daí que estamos com a chave e a passagem secreta se fechou. Quero saber como vamos voltar para casa.

— É mesmo — disse Aramis —, já levei uma bronca da mãe outro dia.

— Paspalhos! — exclamou Athos, com o ar superior de sempre. — Vamos sair pelo bosque como da outra vez.

— Se encontrarmos a saída — disse Porthos.

— E como vamos devolver as chaves para Rosália e explicar-lhe o lugar onde deve colocá-las? — perguntou Aramis.

— Tudo a seu tempo — disse Athos e mais uma vez Aramis se surpreendeu com o modo bonito de falar do amigo. — Primeiro vamos descobrir o quarto azul, o quarto do ouro, e depois vou guiá-los até o bosque.

— E depois? — quis saber Aramis.

— Depois vou pensar num modo de entregar as chaves à Rosália.

Ao chegarem na primeira porta, Aramis tentou abri-la com uma das chaves, mas não conseguiu.

— Pare — disse Porthos. — E se o monstro estiver aí dentro?

— Que monstro? — riu Athos. — Você não disse que acreditou naquela história da dona Margarida de que o Ogre tinha um belo coração?

Porthos decidiu calar a boca.

Aramis tentou a segunda chave e a porta se abriu. Os três meninos se viram em plena savana africana. Leões e elefantes passavam por eles como se não os vissem. Num lago, crocodilos espreitavam, ameaçadores. Girafas e zebras galopavam lado a lado, os macacos pulavam de árvore em árvore e as mais variadas aves voavam sobre suas cabeças. Uma hiena aproximou-se com olhos cheios de apetite.

Apavorados, os meninos recuaram. Com alguma dificuldade, Aramis conseguiu encontrar o buraco da fechadura e abrir a porta para fechá-la imediatamente atrás de si. Estavam salvos. "Mas estamos mesmo a salvo neste corredor?", pensaram os três ao mesmo tempo.

Porthos queria correr para o bosque. Athos, embora amedrontado, mas não querendo dar o braço a torcer, insistia em abrir outra porta. Aramis não conseguia se decidir. Finalmente, convencido por Athos, Aramis abriu a porta do lado oposto daquela pela qual haviam saído. Dessa vez se viram em pleno polo sul. A neve cobria tudo. Milhares de pinguins jogavam-se no mar, focas deslizavam no gelo. Apesar do frio, os meninos começaram a brincar com a neve. Foram interrompidos por um imenso leão-marinho que vinha na direção deles com cara de poucos amigos. Em menos de um minuto estavam novamente no corredor.

Porthos disse:

— É tudo muito bonito, mas também muito perigoso. O leão-marinho e a hiena não pareciam ter boas intenções.

— Só mais algumas portas. Pelo menos até encontrarmos o quarto azul — disse Athos.

— Mas isso pode levar anos — reclamou Aramis.

— Já sei! — exclamou Porthos e começou a recitar enquanto caminhava e apontava para as portas de um lado e de outro.

"Uni duni tê, salamê, minguê, um sorvete colorê, a escolhida foi vo... cê", e apontou para uma porta à esquerda do corredor.

Aramis já descobrira que uma das chaves, a de ouro, abria as portas da direita e a de prata, as da esquerda. Abriu a porta e se encontraram no maior, no mais maravilhoso circo do mundo. Jograis, bailarinas, mágicos, contorcionistas, acrobatas, equilibristas e palhaços, centenas de palhaços fazendo palhaçadas. Os três meninos rolavam de rir. Porthos disse:

— Se vocês quiserem ir embora, podem ir. Eu vou ficando por aqui. Sempre quis ser palhaço de circo.

Aramis sentiu pena do amigo. Gostaria de poder deixá-lo no meio do circo, feliz da vida, rindo muito, comendo pipocas e tomando sorvetes como todas as crianças do mundo deviam ter o direito de fazer. Mas ele tinha sua mãe, seu pai, Rosália e precisava sair do circo, e se ele saísse, Athos e Porthos não poderiam fazer outra coisa senão acompanhá-lo. Um enorme tigre em cujo pescoço balançava um cartaz escrito "Realidade" pulou na direção deles, mas errou o bote. Rapidamente, Aramis abriu a porta.

— Abre outra! Abre outra! — pediu Porthos, quando já estavam no corredor.

Aramis abriu outra porta indicada pelo gordo e de repente estavam flutuando no espaço azul. Se tivessem as roupas adequadas, pareceriam três astronautas. Lá do alto podiam ver a Terra, mas as estrelas e os demais planetas pareciam tão distantes como sempre. Aos poucos começaram a descer, sempre flutuando, viram o seu país, depois seu estado, depois as grandes cidades e finalmente Esperança e o Castelo do Ogre. Do bosque, Rosália parecia acenar para eles.

— Vamos embora — disse Aramis.

— Vamos — concordou Athos. — Ainda precisamos descobrir o quarto azul.

Novamente no corredor, Athos acabou ganhando a discussão. Dessa vez, ele mesmo escolheu uma porta, que Aramis abriu com a chave de ouro. Viram--se em plena praia de Copacabana, que nenhum deles conhecia, cercados de meninas bonitas. Porthos não resistiu e correu até o mar. Os outros dois o acompanharam. Deram alguns mergulhos na água cristalina, caminharam pela areia branca, completamente deslumbrados. Estavam nisso quando Porthos apontou para um jornal chamado *Correio da Manhã* que um homem gorducho estava lendo.

— O que foi, Bolota? — perguntou Athos. — Nunca viu um jornal?

— Olhem a data.

Os três se aproximaram e leram: 8 de julho de 1940.

— Estamos no passado! — gritou Aramis. — Vamos embora senão não vamos nascer nunca.

Abriram a porta e, antes que saíssem, Athos já havia convencido Aramis a abrir outra porta, pouco antes de o labirinto dividir-se em dois. Aramis acedeu e os três mosqueteiros, em vez de se verem numa praia, viram-se no fundo do oceano. A escuridão só não era total por causa dos pequenos peixes luminosos que nadavam à volta deles e que iluminavam outras criaturas marinhas fantásticas: lulas gigantescas, polvos, enguias, baleias.

— Será que isso tudo é de verdade? — perguntou Porthos.

— Tão de verdade quanto você, seu idiota! — respondeu Athos.

Mal acabou de dizer isso, um horrível tubarão--martelo fez com que nadassem rapidamente porta afora.

— Agora chega! — disse Aramis. — Vamos para o bosque.

Quando chegaram ao fim do corredor e já sentiam o cheiro de orvalho, folhas e terra fresca, Athos insistiu:

— Vamos tentar a última porta.

E era a última mesmo.

Aramis a abriu e os três amigos entraram numa sala onde havia um grande muro e nesse muro estava escrito:

R O **T** A S

O P **E** R A

T E N E T

A R **E** P O

S A **T** O R[17]

Como nesse mundo aparentemente nos acostumamos com tudo, assim como seu Pelópidas acostumou-se com dona Azaleia, os três mosqueteiros ficaram decepcionados com o último quarto.

— Só isso? — perguntou Porthos.

— Talvez nessas palavras esteja a chave de todo o mistério do Ogre e uma explicação para tudo o que vimos — disse Athos. — Vocês não notaram que as palavras podem ser lidas de cima para baixo, de baixo para cima, da frente para trás e de trás para a frente?

— Que bacana! — admirou-se Aramis. — Mas vamos embora que você ainda tem de descobrir um modo para devolver finalmente as chaves à Rosália.

— Deixa comigo — disse Athos, que não queria pensar sobre os planos que tinha, pois sabia que Aramis podia ler seus pensamentos.

E os três foram caminhando pelos labirintos iluminados pela luz azul.

21

O VESTIDO E A FÓRMULA

Ao entrar no quarto da tia, a temerosa Rosália respirou aliviada. Sobre a cama estava um vestido belíssimo.

Dona Margarida explicou:

— Presente do patrão para você.

Era de seda azul com uma rosa branca. Acompanhavam sapatos de saltos levemente altos; os primeiros que Rosália usaria na vida. Também eram azuis e tinham uma discreta e delicada fivela de prata. Além disso, um pequeno colar de pérolas negras miudinhas.

Rosália estava completamente dividida. Se por um lado o presente a deixava feliz, pois afinal de contas era mulher e, portanto, vaidosa, por outro a deixava apreensiva. O Ogre — segundo dona Margarida — não só escolhera o tecido como desenhara o vestido que ela costurara para a sobrinha. "Precisa ser exatamente igual", lhe dissera o patrão. "Nos mínimos detalhes", frisara.

E agora Rosália estava no quarto de sua tia. Enquanto experimentava o vestido, a menina pensava: "Então foi por isso que ela não me deixou entrar no quarto ontem. Estava costurando o vestido. Como fui boba. O vestido, porém, não explica os potes de ervas, grãos e pós que encontrei na gaveta da cômoda da tia". E Rosália voltou a se afligir.

— O patrão quer que você jante conosco hoje à noite.

Rosália pensou: "Se ele quer jantar comigo significa que não quer *me* jantar".

A tia lhe disse:

— Os saltos não são muito altos porque você ainda é uma menina. Logo, porém, seus seios começarão a aparecer e no ano que vem tenho certeza de que o doutor Prometeu lhe comprará um par de sapatos de saltos bem altos.

Rosália estava louca de curiosidade e queria perguntar à tia o que eram aqueles potes com aquelas ervas estranhas, mas se perguntasse teria de confessar que bisbilhotara.

— Rosália, o vestido lhe caiu muito bem. Você parece uma princesa. A cara da sua mãe quando tinha sua idade.

Rosália não conseguia entender. Sua mãe era uma camponesa baixinha, alquebrada, gordinha, parecida com tia Margarida, cheia de filhos e sempre ocupada demais para lhe dar um mínimo de atenção. Achou melhor não discutir o assunto.

— Agora tire o vestido do jantar, ponha o seu vestidinho de novo e vamos para a cozinha que dona Azaleia e Aramis já devem estar impacientes.

— Aquela dona Azaleia me dá arrepios — disse Rosália, enquanto se metia no seu vestidinho velho.

— Ela é chata, gosta de uma fofoca, mas no fundo não é má pessoa.

Nesse mesmo momento entrava no armazém de dona Azaleia ninguém menos que Tirésias, o jardineiro cego, mudo e de barbas brancas.

— O que é que o senhor deseja? — perguntou dona Azaleia, ainda muito dolorida, consequência de ter rolado montanha abaixo.

O velho limitou-se a fazer uns gestos estranhos e abrir uma boca enorme sem um só dente.

Dona Azaleia assustou-se, como acontecia sempre que o velho aparecia, e foi à lojinha dos fundos, onde seu marido realizava experiências químicas.

— Pepê, aquele velho esquisito, o tal de Tirésias, está aí. Acho que quer falar contigo.

— Manda ele entrar, manda ele entrar — disse Pelópidas, sem tirar os olhos de um tubo de vidro onde borbulhava uma água lilás.

Quando Tirésias entrou, seu Pelópidas levantou-se e trocou com o velho um aperto de mão.

— Sente-se, doutor Prometeu — disse Pelópidas.

Ao ouvir isso, dona Azaleia escondeu-se atrás de uma cortina para escutar tudo. Pensava: "Se Prometeu é o nome do Ogre, por que o Pepê está chamando o velho de doutor Prometeu?".

— Pelópidas, você conseguiu o farleno?

— Consegui, doutor Prometeu.

— Ótimo — disse Tirésias. — Acho que a combinação dele com o tungstênio e a wolframita darão o resultado que esperamos. Quem sabe estamos próximos da vitória? Quem sabe descobriremos a fórmula?

— Quem sabe? — repetiu Pelópidas.

De trás da cortina, Azaleia refletia: "Será que o grande Ogre é esse velhinho insignificante? Mas ele não era mudo?".

— Pegue uma garrafa de vinho para comemorarmos — disse Tirésias.

O velho foi até o armazém e trouxe uma garrafa de Katz alemão.

Tirésias bebeu um gole e parou:

— Você não tem gosto para vinho mesmo, meu velho.

E Pelópidas:

— Gosto é de uma boa cachacinha e de um chope gelado.

— Que falta de sofisticação — disse Tirésias. Já ia saindo quando voltou-se para Pelópidas: — Não esqueça do nosso jantar hoje à noite. — Depois disso, atravessou o armazém sem dignar-se a olhar para dona Azaleia, ganhou a rua e foi caminhando em direção à montanha.

A sós com o marido, Azaleia deu-lhe um beijo no pescoço e disse:

— Também quero ir, Pepê.

— Nem pensar, Zazá.

22

A CACHOEIRA

Quando dona Margarida e Rosália chegaram à cozinha, não encontram Aramis nem dona Azaleia.

Gaston Leroux já preparava o menu. Sir Anthony Hopkins verificava se a prataria estava bem polida e inspecionava a sala de jantar.

— Também preciso trabalhar, minha filha — dona Margarida disse à Rosália. — Por que você não vai passear no jardim? Lembre-se, porém, que às oito horas deve estar à mesa do jantar com seu belo vestido.

No jardim, Rosália viu D'Artagnan, que se afastou do jaguar míope e veio correndo em sua direção. Enquanto ela se dirigia ao bosque, os três amigos ainda estavam no labirinto, mas, apesar do cheiro de terra molhada, não conseguiam encontrar a saída.

— Que pena — lamentou-se Porthos. — Eu bem que gostaria de ter ficado no circo. Tenho certeza de que arranjaria um emprego de palhaço e nunca mais teria de ouvir as provocações do Athos.

— Sinto muito, Porthos, mas você é apenas uma criação minha — disse Aramis.

— Que raiva — queixou-se Athos. — Tantas portas que poderíamos ter aberto.

— Existem portas que devem permanecer fechadas, portas que só podem ser abertas na hora certa e outras que não descobriremos nunca — disse Aramis, espantando-se com suas próprias palavras.

— Mas podemos voltar amanhã e descobrir o quarto azul — propôs Athos.

— Não mesmo — exclamou Aramis, com autoridade. — As chaves serão devolvidas à Rosália. Já nos intrometemos demais.

Estavam nessa discussão quando deram de cara com a saída do labirinto. Saíram no bosque e poucos minutos depois encontraram Rosália.

Quando se viram, tanto o coração da menina quanto o do menino bateram mais forte e rapidamente. Os dois correram um em direção ao outro como se fossem se abraçar. Mas, face a face, embaraçados e confusos com os próprios sentimentos — aquela estranha dorzinha gostosa no coração e aquele nó na garganta —, acabaram apenas por dar-se as mãos.

— Finalmente podemos falar um pouco a sós — disse Rosália.

"Isso é o que você pensa", refletiu Aramis. "Quando não preciso do Porthos e do Athos, aí mesmo é que eles insistem em ficar xeretando."

— É isso mesmo. Tenho tantas coisas para te contar.

— E eu também — disse Rosália.

Será que eles vão se beijar?, perguntou Porthos a Athos.

Cala a boca, Bolota, e presta atenção, respondeu Athos.

A menina puxou o garoto pela mão.

— Vamos até atrás do baobá que ninguém pode ver a gente.

O menino deixou-se levar. Ia sendo seguido por Porthos e Athos, mas surgiu na frente dos dois meninos invisíveis não apenas o jaguar, que rugia, como D'Artagnan, que latia. Correram atrás deles e os encurralaram contra uma imensa paineira.

— Você acha que eles vão nos devorar? — perguntou Porthos.

— Como é que poderiam nos devorar? — retrucou Athos. — Nós somos invisíveis.

— E por que não vamos encontrar com Rosália e Aramis?

— Por que eu não consigo sair do lugar — respondeu Athos.

— Nem eu, ai, ai, ai! — lamentou-se Porthos.

A uns vinte metros de distância, o jaguar e o quarto mosqueteiro, o cachorro, os vigiavam.

Atrás do baobá, Rosália contou a Aramis que o Ogre era lindo, que às vezes parecia um monstro furioso e outras um príncipe encantado, que tivera medo de que o Ogre houvesse transformado Aramis num porco; falou dos anõezinhos nas caixas, do passarinho na torre, do fantasma da bela mulher que vira no topo da escada, das suas suspeitas de que sua tia fosse uma bruxa, Tirésias um depravado, Gaston Leroux um canibal e Sir Anthony Hopkins um frio assassino.

Aramis contou à Rosália sobre o subterrâneo e as portas que levavam aos lugares mais estranhos, do fundo do oceano ao espaço infinito.

— Será que tudo isso é um sonho? — perguntou Rosália.

— Me belisca — disse o menino. — Se for um sonho, acordarei.

— Você quer que seja um sonho? — quis saber Rosália, de olhos fechados.

— Eu não. Se for um sonho, eu posso acordar e não te encontrar. Melhor não me beliscar.

Depois de alguns instantes de silêncio, Aramis perguntou:

— Você tem alguma prova de que eles sejam mesmo uma quadrilha de monstros?

— Esse é que é o problema. Um dia o monstro me apavora, no dia seguinte me dá um beijinho na tes-

ta. Pensei que ontem minha tia estivesse escondendo alguma coisa de mim, mas estava apenas costurando o meu vestido e queria me fazer uma surpresa.

— É — disse o menino, enquanto observava uma borboleta amarela que fazia acrobacias à volta deles —, mas as aparências enganam.

— É verdade, mas às vezes não enganam. Tenho muito medo.

Nesse momento, uma estranha força impeliu Aramis a tocar com seus lábios os lábios de Rosália. Os dois se olharam por um longo tempo sem saber o que fazer ou o que dizer.

A pouca distância do casal, imantados contra a paineira, Athos e Porthos ouviram o tropel de um cavalo à distância.

— É o Ogre! — disseram ao mesmo tempo.

Como que obedecendo a uma ordem muda, o jaguar e o cachorro saíram correndo em direção ao portão. Ao mesmo tempo, Athos e Porthos verificaram que podiam se mexer e correram até o baobá, onde encontraram Aramis e Rosália se beijando.

Que bonito!, exclamou Porthos, realmente comovido.

Peguei os dois em flagrante!, gritou Athos.

Aramis virou-se e disse:

Vocês tinham se comportado tão bem até agora.

Viemos salvar vocês, disse Porthos.

Não há tempo a perder, disse Athos. *O Ogre está voltando ao Castelo. Ouvimos o som das patas do cavalo.*

Rosália olhava intrigada para Aramis, que parecia falar com uma ou mais pessoas que ela não podia enxergar. "Meu Deus, esse menino é mesmo muito maluquinho", pensou, pois não podia ver nem Athos nem Porthos, que só existiam na imaginação de Aramis.

O crepúsculo já começava a colorir de vermelho o jardim do Castelo. Aramis virou-se para Rosália e disse:

— Precisamos sair daqui. O Ogre está voltando.

— Então corra já para a sua casa.

— Não, eu preciso vê-lo. Preciso matar essa curiosidade.

Mal havia dito isso, o Ogre passou por eles montado no Diabo Negro. Escondidos atrás da árvore, viram quando ele tirou a sela do cavalo e encaminhou-o à cocheira. Tinha nas mãos o tubo de farleno que seu Pelópidas dera a Tirésias.

Para a surpresa dos dois — e também de Athos e Porthos —, o Ogre, depois de olhar para todos os lados, entrou na cachoeira e desapareceu dentro dela.

Tem uma caverna atrás da cachoeira!!!, disse Porthos.

Aposto que o quarto azul onde ele fabrica ouro fica na caverna, completou Athos.

Alguns minutos depois, o Ogre saiu da caverna atrás da cachoeira sem o tubo na mão. Tirou o chapéu e o bateu contra a perna para secá-lo.

— Puxa, ele é bonito mesmo! — disse Aramis. — Parece mocinho de cinema. — Uma outra dorzinha, esta desagradável, entrou em seu coração. Chamava-se ciúme.

O jaguar correu até o Ogre e ele o abraçou. D'Artagnan juntou-se a eles e os três foram caminhando até a porta do Castelo. O Ogre abriu a porta e urrou:

— O PATRÃO VOLTOU, CAMBADA!

A uma respeitável distância do Ogre, Rosália disse a Aramis:

— Você tem de ir embora e eu preciso entrar e me aprontar para o jantar. Estou com tanto medo.

Mal disse isso, notou o canudo embrulhado na mão do menino.

— O que é isso?

Só então Aramis se deu conta de que não largara o canudo um só instante.

— Isso é para você — disse Aramis. — É um foguete que espalha estrelas. Ele sobe muito alto, muito além do Castelo, e faz cair uma chuva de estrelas. Se você achar que está correndo perigo, vá até a primeira janela e acenda o foguete. À hora que for, eu virei correndo. Aqui estão as chaves que você deve colocar atrás de um livro chamado *Ab Nihilo* na estante do gabinete do Ogre.

Não dê as chaves para ela, gritou Athos irritado, mas já era tarde.

Os dois se abraçaram e continuariam abraçados se Athos não reclamasse:

Vamos embora que isto já está ficando chato. O ciúme também havia invadido o coração do menino invisível, que queria tanto ser visível e decidir as coisas por Aramis e Porthos.

Rosália dirigiu-se ao Castelo, pronta para a festa. "Ou para o sacrifício?", pensou.

Os três amigos, acompanhados de D'Artagnan, desceram a montanha.

23
O JANTAR

Quando Rosália entrou no Castelo, o alvoroço era geral. Sua tia, Gaston e Sir Anthony Hopkins corriam de um lado para outro. Na verdade, Sir Anthony Hopkins não corria, pois não era do seu estilo. Apenas apressava o passo.

Ao ver Rosália, dona Margarida exclamou:

— Vá tomar seu banho, menina. Vista o seu belo vestido e esteja na mesa do jantar às oito horas em ponto.

Rosália já se encaminhava ao seu quarto quando dona Margarida acrescentou:

— Minha filha, antes passe pelo meu quarto e apanhe uma caixa de condimentos da Eurásia que guardei na cômoda a pedido do mestre-cuca. Vamos precisar deles para o jantar.

A menina respirou aliviada. Então os pós, ervas e grãos não eram ingredientes de feitiçaria, mas simples condimentos como a pimenta, a canela e a noz-moscada? Como fora boba! Foi ao quarto da tia, tirou os condimentos da cômoda e entregou-os a Gaston Leroux. O cozinheiro provou um por um. Olhou para ela, sorriu e disse em francês:

— *Magnifique!*

Sobre a sua cama, Rosália encontrou o belo vestido e o colar. Ao pé da cama, os lindos sapatos azuis. Tomou um longo banho numa banheira cheia de sais aromáticos, brincou com a espuma e relaxou completamente pela primeira vez desde que haviam lhe dito que o doutor Prometeu era um monstro. O banho fez com que se sentisse um pouco sonolenta. Como ainda tinha tempo, colocou o vestido numa cadeira e deitou-se na cama. Acordou algum tempo depois com batidas na porta:

— Rosália, Rosália! — era a voz da sua tia. — O jantar está servido, menina!

Enfiou-se dentro do vestido, calçou os sapatos, pôs o colar e olhou-se rapidamente no espelho. Estava linda. "Pareço uma princesa", disse para si mesma, como só uma menina de doze anos, que não conhece certas princesas que andam por aí, poderia pensar. Do seu quarto, podia ouvir vozes altas e gargalhadas. Pensou: "Que festa!".

Ao chegar à sala de jantar, teve uma surpresa. Sentados a uma farta mesa — onde havia os pratos mais maravilhosos do mundo e uma incrível quantidade de garrafas — estavam, além do Ogre, o seu Pelópidas Paracelso, sua tia Margarida, a anta de tênis, D'Artagnan, o jaguar, Monsieur Leroux, o jardineiro Tirésias e Sir Anthony Hopkins. Com exceção de dona Margarida, todos pareciam levemente embriagados.

Assim que ela entrou, os convidados se levantaram, copos nas mãos e patas. O Ogre disse com voz tonitruante:

— Um brinde à nossa princesa! Que cresça para ser um belo ser humano e que encontre o seu príncipe encantado. Viva Rosália, que deu alegria e juventude ao nosso Castelo!

— Viva Rosália! — repetiram todos.

Dona Margarida, comovida, levantou-se e deu um abraço na sobrinha.

— Você será muito feliz, minha menina, isso eu posso te jurar.

O Ogre estava mais lindo do que nunca e jamais Rosália o vira tão jovial. O lugar de honra, em frente ao Ogre, no lado oposto da longa mesa, estava reservado para ela.

Mal ela sentou-se, o Ogre ordenou:

— Agora vamos todos comer, beber e festejar.

Todos começaram a se servir das mais diversas iguarias e Rosália pensou: "O que será que estão festejando?".

Alguns minutos mais tarde, o Ogre bateu com o garfo no cálice em que bebia vinho e pediu silêncio.

— Meus amigos, a vida pode ser boa ou ser má. Quando é má, porém, não é por culpa dela, mas por culpa das pessoas ambiciosas, inescrupulosas, cruéis, corruptas e medíocres que permitiram que esses terrores entrassem dentro de suas almas. Cabe a nós combater essas pessoas, para que o resto do mundo possa viver em paz e contente. O mal só penetra em nossos corações quando sufocamos o bem, quando sufocamos a criação, nossa capacidade de amar, de sermos gentis e cordiais com nossos semelhantes.

"Vejam só quem está falando!", pensou Rosália. "Vive gritando com todo o mundo."

— Eu sei disso porque meu coração já fraquejou — continuou o Senhor do Castelo. — Permiti que a ambição, a ira e a sede pelo poder o invadissem. Como vocês sabem, por causa disso, fui castigado. Perdi os dois seres que mais amei no mundo. Mas graças a vocês e principalmente ao inestimável auxílio deste grande cientista que é Pelópidas Paracelso... — Fez uma pausa. — Palmas para o Pelópidas!

Todos bateram palmas e o Ogre prosseguiu:

— Como eu dizia, graças a vocês e a Pelópidas Paracelso...

— E a mim também — disse a anta de tênis com uma voz que parecia um trombone de vara.

— Claro que a você também, sua anta idiota — disse o Ogre. — Pois eu não disse graças a *vocês*? Pois entre esses vocês, você estava incluída, entendeu?

— Agora que você explicou, eu entendi — conformou-se a anta.

— Pois bem, graças a vocês, tudo mudará para melhor. Este jantar é para comemorar a fórmula que fará de mim novamente um homem feliz. — E depois de outra pausa, acrescentou: — Gostaria de ouvir os desejos de cada um.

Pelópidas Paracelso bateu com o garfo em seu copo e pediu a palavra. Sua voz já estava meio engrolada. Todos bateram palmas, seu Pelópidas agradeceu e falou:

— Antes do nosso patrão prosseguir, eu gostaria de cantar uma canção que fiz em homenagem a ele.

— Não é a mesma, né, Pelópidas? — perguntou dona Margarida, que não bebia e estava levemente entediada com todos aqueles porristas.

— É a mesma, sim senhora. Certas canções têm de ser cantadas todos os dias até que se tornem realidade.

D'Artagnan e o jaguar começaram a latir e a urrar:

— Canta! Canta! Canta!

Pelópidas ajeitou a gravatinha borboleta, pigarreou e cantou a seguinte canção:

Tenho um passarinho
Que em minha vida se meteu
Por causa de malfeitos meus.
Um passarinho que foi fazendo seu ninho
Em meio a terrores meus.
Tão bonito esse bichinho
Que come na minha mão.
Noite triste, triste dia,
Clareou meu coração.
Um dia se Deus quiser
Meu passarinho voltará a ser,
do mundo, a mais bela mulher.

Todos cantaram a canção de pé e, na primeira oportunidade, Rosália perguntou à tia:

— O que quer dizer isso tudo?

— Você acha que eu sei, querida? Sei não. Mas já estou acostumada. — Entretanto, dona Margarida sabia.

D'Artagnan pediu a palavra e disse sucintamente:

— Parko laten flugentein. — Fez uma pausa e continuou: — Olhesman Crisbeles.

Embora a maioria não entendesse nada, todos aplaudiram, principalmente o jaguar.

O Ogre retomou a palavra e disse:

— Vamos aos desejos. Dona Margarida.

Dona Margarida levantou-se e disse:

— Meu único desejo é que minha sobrinha Rosália concretize seus sonhos.

O Ogre:

— Desejo concedido.

"Que bom", pensou Rosália. E em seguida: "Quem ele pensa que é para ficar concedendo desejos?".

— Anta, o que você quer? — perguntou o Ogre.

A anta levantou-se sobre os quatro tênis e exclamou:

— Você me transformou de economista idiota em anta de tênis. Prefiro continuar sendo o que sou sem perder o phd em literatura francesa.

— Desejo concedido — disse o Ogre. — Sir Anthony.

— Gostaria de rever o meu castelo na Cornualha e me desfazer daquele quadro de Maria Antonieta decapitada. Quero também devolver ao meu antigo patrão, o duque de Bedford, a sua coleção de espadas da qual sou guardião. Logo eu que odeio violência.

— Desejo concedido — disse o Ogre. — D'Artagnan.

— Iaia elske dai rabat humanae biblios Alexandre Dumas (Quero voltar à forma humana dentro do livro de Alexandre Dumas).

— Desejo concedido — disse o Ogre.

— Quero voltar à África e visitar meus amigos ex-canibais que quase me devoraram um dia — disse Monsieur Gaston Leroux. — Aliás, tem um quadro no meu quarto onde eu apareço dentro de um caldeirão...

Rosália pensou: "Como foi que eu não me dei conta? O homem de olhos esbugalhados no caldeirão é o Monsieur Leroux, apenas mais jovem".

O cozinheiro continuou:

— Consegui convencê-los a não me devorarem prometendo que lhes ensinaria a *haute cuisine française*. E foi o que fiz e...

Antes que Leroux pudesse continuar, o Ogre disse:

— Desejo concedido. Fala, jaguar.

— Quero voltar à forma humana e voltar a desenhar.

— Desejo concedido — disse o Ogre. — Meu velho Tirésias, o que você quer?

— Voltar para a Grécia.

— Como homem ou como mulher?

— Como homem.

— Concedido.

— Meu querido Pelópidas?

— Quero continuar sendo o que sou, quero que Azaleia seja menos futriqueira e quero que minha canção se torne uma realidade.

— Concedo os dois primeiros desejos. O último vai depender da fórmula dar certo. Mais alguma coisa? — Silêncio. — Eu tenho, pessoalmente, alguns desejos, mas só o tempo dirá se conseguirei realizá-los. Agora, vamos continuar a festa. — Virou-se para dona Margarida e disse: — Dona Margarida, tome a chave, vá até o meu gabinete e traga a caixa que está sobre a minha escrivaninha.

Era a oportunidade que Rosália esperava.

— Vou com a senhora, titia.

Saiu atrás da tia. Subiram as escadas. No gabinete do Ogre, enquanto sua tia apanhava a caixa, ela aproveitou para recolocar as chaves do subterrâneo atrás do livro *Ab Nihilo*. Imediatamente a passagem secreta se abriu, mas dona Margarida fazia tanta força para levantar a caixa pesada, que nem se deu conta. Quando pediu auxílio à sobrinha, a passagem já havia se fechado novamente. Foi somente com a ajuda de Rosália que a tia conseguiu descer as escadas com a caixa. A governanta passou-a para o patrão, que a segurou como se fosse uma pluma. Abriu-a e de dentro dela saiu um anãozinho.

— Senhoras, senhoritas, senhores e animais vários, tenho a honra de apresentar-lhes o maestro Franz Liszt[18].

O anãozinho Franz Liszt, de fraque, dirigiu-se ao piano de cauda e começou a tocar várias composições de sua autoria. Os convidados foram todos para a biblioteca, onde fumaram charutos e beberam champanhe. Dona Margarida e Rosália, as únicas pessoas sóbrias na festa, aproveitaram para conversar. Rosália perguntou:

— Quer dizer que aqui ninguém é o que é?

— Posso te garantir, minha filha, que eu sou eu mesma e você é você mesma, embora eu não seja quem digo ser e você não seja o que pensa ser.

— Mas foi o doutor Prometeu quem os transformou no que são?

— Ele tem poderes incríveis, mas é um homem muito infeliz.

— Não me parece muito infeliz hoje — disse Rosália apontando para o Ogre, que contava piadas para a anta e para seu Pelópidas; Monsieur Gaston Leroux e Sir Anthony Hopkins jogavam sinuca.

— É que ele está prestes a recuperar uma coisa que perdeu e por isso está feliz. Espero que recupere, pois caso contrário teremos de aguentar seu mau humor.

O Ogre se aproximou das duas e convidou Rosália para dançar. Liszt tocou uma valsa de Johann Strauss[19] especialmente para o par. Rosália parecia flutuar no salão. Nem sentia seus pés. Arriscou perguntar ao Ogre:

— O senhor poderia me dizer quem é o passarinho?

— Talvez amanhã mesmo você venha a saber.

— E a bela mulher que mais parece uma rainha?

— Você a viu? — perguntou o Ogre e Rosália temeu que ele gritasse com ela na frente de todos.

— Vi — respondeu a menina.

— Ótimo — disse o Ogre e continuaram dançando.

Dançaram um pouco mais, o Ogre agradeceu, Rosália foi juntar-se à dona Margarida, ele aos seus amigos, criaturas, empregados, fossem o que fossem, e todos continuaram bebendo e se divertindo.

Quando o relógio soou as doze badaladas da meia-noite, o Ogre anunciou:

— Está na hora dos convidados irem dormir.

Dito isso, todos desapareceram, como se houvessem evaporado no ar, menos o Ogre, dona Margarida, seu Pelópidas e Rosália. Seu Pelópidas despediu-se das duas e o Ogre acompanhou-o até o portão do Castelo. Quando voltou, disse a dona Margarida:

— Dona Margarida, pode deixar a arrumação para amanhã. — À Rosália disse: — Você pode ir dormir, minha filha, e muito obrigado por ter tornado tão bela a nossa festa. — Deu-lhe um beijo na testa.

— Queria agradecer o belo vestido.

— Não seja boba, menina.

Dona Margarida foi para o quarto dela, Rosália para o seu e o Ogre voltou para a sala de jantar. Sentou-se na sua cadeira e bebeu meio litro de uísque diretamente da garrafa. Depois tirou uma caixa de baixo da mesa e de dentro dela um anãozinho chamado Einstein[20], de longos cabelos brancos caídos nos ombros, olhos bondosos e um bigodão. Sentou-o sobre um dos joelhos e perguntou:

— Você acha que vai dar certo, Albert?

— A curiosidade é uma planta delicada que além do estímulo precisa de liberdade — respondeu Einstein, que aproveitou para acender seu cachimbo.

Continuaram conversando até que Albert Einstein disse que queria dormir e o Ogre recolocou-o na sua caixa. Depois continuou bebendo até adormecer com a cabeça apoiada na mesa. Acordou de madrugada com os próprios roncos e dirigiu-se ao seu quarto.

Na casa do padeiro, Aramis, Porthos e Athos fizeram turnos para vigiar o Castelo, mas até o clarear do dia não viram nenhum foguete espalhar estrelas pelo céu.

Ao acordar, pela manhã, antes de tomar banho, Rosália viu escrito no quadro-negro: IMPOSIÇÃO HÁ AMOR NÃO ONDE HÁ. *Verdadeiro ou falso?* Rosália matou a charada rapidamente. Escreveu: ONDE HÁ AMOR NÃO HÁ IMPOSIÇÃO. *Verdadeiro.* Depois de um rápido banho de chuveiro, foi tomar o café da manhã com sua tia, Monsieur Gaston Leroux e Sir Anthony Hopkins.

— Então — perguntou ao mordomo e ao mestre-cuca —, estão felizes em voltar para a Europa?

E Gaston Leroux:

— Já estamos acostumados com as promessas do patrão.

— Pode ser que desta vez tudo dê certo — disse dona Margarida, servindo-se de uma torrada. — Além disso, não depende só dele.

24

A TRAIÇÃO DE ATHOS

À tarde, o Ogre trabalhava em seu gabinete. Rosália, depois das aulas de culinária e francês e de piano e inglês, pediu permissão à tia para ir à cidade.

— Minha filha, você é uma menina ajuizada. Quando tiver cumprido com suas obrigações, não precisa pedir permissão para sair. Basta me avisar e voltar antes da hora do jantar.

Rosália encontrou um Aramis sonolento atrás do balcão, mas quando ele viu a menina, seus olhos brilharam de alegria.

— Fiquei esperando pelo foguete a noite inteira — contou Aramis.

— Não houve necessidade. Preciso falar contigo.

— E eu contigo — disse Aramis. Voltou-se para a mãe, que estava na cozinha da padaria e perguntou:

— Mãe, dá pra senhora ficar no balcão uma meia hora que eu vou passear com a Rosália?

E dona Hortênsia:

— Pode ir, mas não demore mais do que meia hora.

Os dois passearam de mãos dadas por Esperança. Rosália contou a Aramis que não tinha mais dúvidas: o Ogre era uma pessoa muito bondosa que não só gostava dela como também gostava dele.

— Ele disse que gostava de mim? — espantou-se Aramis.

— Disse que você é um bom menino.

— Quer dizer que ele não se importa se a gente namorar?

— E nós estamos namorando? — perguntou Rosália com um leve sorriso.

— Não sei. Quero dizer, acho que sim. Nunca namorei antes.

— Eu gosto muito de você, Aramis, mas às vezes você me parece meio louco. Uma hora age como criança boba e outra como um adulto autoritário. Gosto mais de você como é agora.

Aramis pensou em contar-lhe a história de Athos e Porthos, mas achou que seria muito complicado. Em vez de explicar, perguntou:

— Quer dizer que nem sua tia, nem o mordomo, nem o cozinheiro, nem o jardineiro são criminosos?

— Ontem foi tudo explicado. As aparências enganam e nossos olhos veem aquilo que querem ver e não o que realmente veem.

"Além de bonita, inteligente", pensou Aramis.

— Mas ainda há o mistério do monstro que assustou dona Azaleia.

— Eu não acredito nela. Você acredita?

— Não sei.

Aramis gostaria que Athos estivesse ali. Ele era tão seguro de si e tinha resposta para tudo. Por outro lado, aparentemente, Rosália não gostava quando sua parte Athos predominava. Tanto Athos como Porthos, que se revezaram em turnos de vigília com ele durante toda a noite, estavam dormindo. Estavam recuperando as forças. Teria de se virar sozinho.

Nesse momento, quem passa por eles, vestindo sua jaqueta de veludo, como se fosse a pessoa mais normal do mundo? Nada menos que o Ogre, ou seja, o doutor Prometeu. E havia uma razão para o doutor Prometeu não mais se esconder. Ele estava certo de que suas experiências teriam um resultado positivo e seu sonho se tornaria realidade. Já não havia mais motivos, pensava ele, para disfarçar-se de Tirésias.

— Como vão, crianças?

— Bem — responderam Aramis e Rosália, sorrindo para o sorriso gentil do Ogre.

— O doutor Prometeu é um homem muito forte. Bebeu a noite inteira e não está com cara de ressaca — comentou Rosália.

Os dois jovens enamorados foram sentar num banco da pracinha de Esperança e o Ogre entrou no armazém de dona Azaleia.

— Bom dia, dona Azaleia — disse o Ogre, gentil.

— Bom dia, senhor — respondeu a mulher.

— Gostaria de dar uma palavrinha com seu marido.

— Entre, por favor, ele está no quintal conversando com a anta.

Dona Azaleia acordara diferente. Sentiu-se como se alguém tivesse tirado um peso de dentro dela. Não só perdera a curiosidade como a vontade de meter-se na vida alheia. Sentiu uma enorme necessidade de ser querida por todos, principalmente por seu Pelópidas. Uma outra mulher.

No quintal, o Ogre disse ao amigo:

— Pelópidas, acho que vou precisar de um pouco mais de wolframita. Hoje à noite realizarei o grande teste. Deseje-me sorte.

— Boa sorte, patrão — respondeu Pelópidas, passando-lhe alguns gramas de wolframita.

O Ogre despediu-se da anta, de seu Pelópidas, de dona Azaleia e sorriu para Aramis e Rosália, ao passar por eles em direção ao Castelo.

Algum tempo depois, Rosália também voltou ao Castelo.

O dia transcorreu normalmente. Enquanto ajudava os pais na padaria, apenas Porthos apareceu para brincar com Aramis, mas ele já não achava mais graça nas palhaçadas do gordo. Athos dormiu o dia inteiro e ainda dormia quando Aramis se recolheu para o seu quartinho.

Por volta das onze e meia da noite, Athos acordou. Sua força de vontade era tão grande que conseguiu fazer com que Aramis se levantasse como um sonâmbulo. Na verdade, tratava-se do corpo de Aramis comandado por Athos. Aramis e Porthos permaneceram dormindo enquanto Athos esgueirou-se pelos fundos da casa e subiu a montanha que conduzia ao Castelo. Escalou o muro, passou pelo jaguar míope, que dormia. Atravessou a cachoeira e se viu, finalmente, dentro do que ele acreditava ser o quarto azul. Na realidade tratava-se de um salão imenso, iluminado por uma intensa luz azul que parecia sair das rochas. Era uma caverna incrível, com piso de mármore e com rochas espalhadas. "Ótimo", pensou Athos. "Quando o Ogre aparecer, me escondo atrás de uma dessas pedronas."

No meio da caverna havia uma coisa enorme coberta por um manto negro. Athos não vacilou e puxou o manto. Viu-se diante de uma espécie de máquina[21] muito esquisita, cheia de ventosas que pareciam olhos e uma porção de botões. Sobre cada botão um nome: KETHER, bem no alto. Em seguida, lado a lado, BINAH e HOKHMAN. Mais abaixo, lado a lado, DIN e HESED. No botão no centro da máquina podia-se ler TIFERETH e este parecia ser o botão principal. Logo abaixo, ainda lado a lado, HOD e NETSAH. Finalmente um botão que formava um triângulo com os dois últimos: YESOD. Abaixo deste, no lado oposto de KETHER, o botão superior, estava o inferior, MALKUTH. Havia ainda uma espécie de binóculo encaixado na parafernália.

"O que será este treco?", pensou Athos e notou que havia uma abertura na máquina, provavelmente por onde deveria entrar a energia. Acima do botão superior estava escrito em letras góticas AB NIHILO. Do lado esquerdo da máquina havia um laboratório químico e, do lado direito, um baú, que se abriu facilmente. Estava repleto de barras de ouro. "Esse Ogre nunca me enganou", pensou Athos. Cobriu novamente a máquina com o manto negro, escondeu-se atrás de uma rocha e esperou. Athos não queria pensar sobre o assunto, pois temia acordar Aramis e Porthos. Seu desejo, porém, era fazer com que Aramis se transformasse nele, Athos. Não queria mais depender de Aramis para tudo. Não queria mais ser a criatura inventada, mas o criador-inventor. Tinha certeza de que aquela máquina chamada AB NIHILO poderia ajudá-lo.

25

CAOS

Pouco depois da meia-noite, o Ogre entrou na caverna com um passarinho azul pousado em seu ombro. Trazia com ele um saco. Começou a falar em voz alta e possante:

— Eu, que tenho o poder e a sabedoria, quero paz. Descobri através dos próprios erros que o poder pelo poder e a sabedoria para satisfazê-lo não são nada. Já fui suficientemente punido.

Dito isso, apertou o botão central da máquina, sobre o qual podia se ler TIFERETH. A máquina pareceu criar vida. O Ogre aproximou os olhos do binóculo da máquina. De trás da rocha, o menino observava os movimentos do Ogre com toda a atenção, tomando cuidado para não acordar Porthos e Aramis.

O Ogre afastou-se alguns passos da máquina e disse:

— Bom, muito bom!

Em seguida tirou um peixe de dentro do saco e colocou-o no centro da caverna. Durante algum tempo olhou pelo binóculo da máquina. Depois afastou-se e apertou outro botão. Várias luzes se acenderam. O Ogre fechou os olhos, levou a mão direita à testa e passou a Athos a impressão de que se concentrava profundamente. Gotas de suor desciam pela sua face.

De repente, no lugar onde estava o pequeno peixe, apareceu um avestruz enorme, que saiu correndo caverna afora em direção ao bosque.

— Ótimo — disse o Ogre para si mesmo.

Em seguida tirou um livro do saco. O livro chamava-se *Dom Quixote*. Colocou o livro no lugar onde estivera o peixe. Apertou um botão, concentrou-se ainda mais profundamente e — pronto! No lugar do livro surgiu um anãozinho, de barbicha, roupas muito antigas e sem uma das mãos.

— Miguel de Cervantes Saavedra![22] — gritou o Ogre.

O anão fez uma mesura e disse:

— *As sus ordenes* — ou seja, "às suas ordens" —, *doctor* Prometeu.

— Há anos que quero discutir algumas questões com o senhor, mas agora estou com muita pressa.

— *Lo entiendo. El que tiene un sueño tiene prisa* — ou seja: "Entendo. Quem tem um sonho tem pressa".

O Ogre tirou uma caixa de dentro do saco, estalou os dedos, o anão chamado Cervantes fechou os olhos e adormeceu. O Ogre meteu-o dentro da caixa e a recolocou no saco.

Para espanto de Athos, o Ogre tirou três batatas do saco, colocou-as no lugar onde estivera o livro e depois apertou outro botão e concentrou-se mais ainda. Grossas gotas de suor caíam no chão de mármore da caverna. No lugar das batatas, depois de alguns segundos, surgiram três barras de ouro.

— Eu que crio de AB NIHILO, eu que crio do nada, eu que anulo o nada, eu que respeito ROTAS, o movimento eterno do Universo. Eu que respeito OPERA, a criação contínua do Universo, agora peço TENET.

Quando o Ogre acabou de falar, o passarinho voou para o centro da caverna.

O corpo gigantesco do Ogre pareceu dobrar de tamanho e começou a irradiar uma luz branca muito intensa. Olhos fechados, parecia estar em direto contato telepático com os deuses do Olimpo.

O Ogre levou as mãos para o alto e gritou:

— SATOR, ROTAS, OPERA, AREPO e TENET.

O espantado Athos viu quando uma bela mulher apareceu — pele muito branca, olhos negros enormes, lindo sorriso, dentes alvos, cabelos cacheados que caíam em cascata sobre seus ombros — vestindo um longo traje azul que se abria de um lado um pouco acima dos joelhos.

O Ogre abriu os olhos e gritou:

— PANDORA!

No que se aproximou dela, a mulher foi se tornando cada vez mais transparente e, antes que ele pudesse alcançá-la, desapareceu no ar. No seu lugar reapareceu o passarinho, que voou até o ombro do

Ogre e, com o bico, afagou o seu rosto, onde lágrimas e suor se misturavam.

— Maldição! — gritou o Ogre.

Novamente repetiu as palavras, novamente a mulher apareceu para novamente transformar-se em ar. Depois da quinta tentativa, o Ogre desistiu. Finalmente, disse para si mesmo ou para o passarinho:

— Faltou wolframita! — Punhos cerrados, virou-se para a máquina AB NIHILO como se ela pudesse escutá-lo: — Mas amanhã triunfarei! — Com o saco numa das mãos e o passarinho no ombro, saiu da caverna, atravessou a cachoeira e dirigiu-se ao Castelo.

Athos sabia que não podia perder tempo, pois Aramis era capaz de acordar a qualquer momento. Havia memorizado as palavras e os gestos do Ogre. Apertou os botões que julgou acertados e plantou-se no mesmo lugar onde o Ogre estivera. Fechou os olhos e disse:

— Eu que sou mais inteligente, mais hábil, mais ambicioso, maior líder, quero ficar para sempre no corpo de Aramis e comandá-lo à vontade. Quero o poder do Ogre!

Mal acabou de dizer essas palavras e AB NIHILO explodiu. Tremendo de pavor, Athos, no corpo de Aramis, viu-se em meio à mais terrível escuridão. Olhou para baixo e viu o céu. Olhou para cima e viu uma floresta com árvores de cabeça para baixo, raízes fincadas nas nuvens. Viu baleias voarem ao lado de girafas e pássaros submarinos, homens e mulheres nus que pareciam gritar alguma coisa para ele, mas de suas bocas não saía palavra. No meio das trevas, surgiu uma mulher que fez amor com uma serpente; em seguida pôs um ovo que se quebrou fazendo nascer o arco-íris. Athos, no corpo de Aramis, fechou os olhos apavorado e, quando os abriu novamente e olhou para cima, viu os oceanos caindo sobre ele. Tremendo de terror, como um menino de doze anos diante da criação do Universo, ele meteu a cabeça entre os joelhos e começou a rezar.

Só abriu os olhos ao ouvir a voz poderosa do Ogre, que parecia vir das profundezas da terra:

— Você, menino estúpido e ambicioso, matou um sonho.

O Ogre aproximou-se dele. Gigantesco, levantou-o a mais de um metro do chão com suas mãos poderosas.

— Aramis, Aramis, o que fiz para que tentasses me destruir?

— Por favor, não me mate, seu Ogre.

— E por que não deveria matá-lo? Por que não deveria matar um pirralho malvado que me apunhalou pelas costas?

— Porque estaria matando um inocente. Eu não sou Aramis — disse o menino.

Ao ouvir isso, o Ogre pousou novamente no chão o corpo de Aramis, do qual Athos havia se apossado. O garoto encolheu-se atrás de uma rocha, chorando envergonhado.

— Quem é você, então, criatura?

— Eu sou Athos, uma invenção de Aramis. Ele inventou a mim, mais inteligente e hábil do que ele, e também inventou Porthos, desajeitado e cômico. É um menino solitário, tímido e inseguro que precisa de companhia.

— Então você traiu quem te inventou?

— Não queria mais ser apenas o produto da imaginação de alguém. Não queria mais ser criatura, queria ser criador.

— Você não passa de um idiota — gritou o Ogre e em seguida fez um largo gesto que abrangia toda a caverna, fechou os olhos e gritou: — AB NIHILO!

Nesse momento, pela primeira vez, graças aos poderes fantásticos do Ogre, Porthos e Athos se materializaram. À frente do Ogre estava um menino baixinho, gordinho, sorridente e simpático e um outro mais alto, forte, bonito, com ar decidido. No meio dos dois, Aramis, que esfregou os olhos como se estivesse acordando:

— O que está acontecendo? — perguntou, sonolento.

— Acontece, meu filho, que o amigo que criaste voltou-se contra ti e a ambição dele assassinou meu sonho e minha esperança. — O Ogre deu as costas aos três meninos e voltou-se para o que sobrara da máquina. Ajustou algumas ventosas, fios, lâmpadas e continuou trabalhando como se estivesse consertando um automóvel. De vez em quando dizia: "Talvez ainda haja tempo". Cansado, tirou do bolso um apito, que, entretanto, não produziu som algum. Minutos depois, entraram na caverna Sir Anthony Hopkins, Monsieur Gaston Leroux, o jaguar, a anta de tênis, Tirésias, o velho jardineiro cego e mudo, e D'Artagnan.

— Graças a este menino — disse o Ogre, apontando para Athos —, vocês poderão desaparecer a qualquer momento. Mas talvez ainda haja tempo. Venham todos comigo.

Os empregados, os animais e os três meninos saíram atrás do Ogre, que entrou na passagem que dava para os corredores subterrâneos. Porthos perguntou ao Ogre:

— Será que o senhor não podia me deixar no circo?

Com uma chave de prata, o Ogre abriu uma porta em cujo interior estava o maior circo do mundo. Disse para Porthos:

— Não há tempo para despedidas. Entre e seja feliz.

Em seguida abriu outra porta com uma chave de ouro e através dela puderam ver o Big Ben, o Buckingham Palace e toda a cidade de Londres.

— Volte para seu castelo, meu fiel Hopkins, e seja feliz.

O mordomo entrou no quarto e o Ogre fechou a porta.

Para encurtar a história, a anta e o jaguar entraram num quarto que continha a floresta amazônica, Tirésias no quarto onde estava a cidade de Atenas e toda a Grécia Antiga. D'Artagnan e Monsieur Leroux entraram juntos no quarto que continha a cidade de Paris com a Torre Eiffel e tudo.

— Sentirei saudades dos seus pratos, meu bom Leroux.

— Obrigado, patrão — disse o mestre-cuca, antes de a porta se fechar atrás dele.

O Ogre virou-se para Aramis e Athos e ordenou, nervoso:

— Agora vamos sair correndo daqui, pois a qualquer momento esses subterrâneos serão destruídos.

Os três saíram correndo. Quando chegaram ao bosque, viraram-se para trás e viram que a entrada para o subterrâneo havia desaparecido.

O Ogre virou-se para Athos e Aramis. Com muita tristeza na voz lhes pediu:

— Esperem aqui. Quero ficar sozinho por uns momentos.

Abraçou-se a uma árvore e começou a chorar convulsivamente.

Aramis disse a Athos:

— Você destruiu o sonho e a esperança.

Cabeça baixa, Athos respondeu:

— Perdoa, amigo, perdoa.

Já recomposto, o Ogre aproximou-se e disse aos garotos:

— Venham comigo.

Foram até uma parte do bosque onde havia dois bancos de pedra, um em frente ao outro.

— Sentem-se aí — disse-lhes, indicando um banco —, pois preciso lhes falar algumas coisas. Vocês não têm ideia das coisas maravilhosas que criei naquela caverna. — O Ogre sentou-se no banco oposto ao dos meninos.

— Então, tudo isso é real? — perguntou Aramis.

— Tudo era de verdade. O que o homem é capaz de imaginar, ele é capaz de criar. Um dia, um homem olhou um pássaro e pensou: "Quero voar". E muito tempo depois apareceu o avião. A força de uma ideia é capaz de materializá-la. A máquina que Athos quase destruiu totalmente é um condensador do tempo e dos esforços humanos. Ela materializa ideias e desejos. Ela é nossa imaginação na forma de máquina.

Os dois meninos pareciam hipnotizados.

— Que maravilha — disse Aramis, pois Athos, envergonhado, tinha medo de abrir a boca. — A máquina é uma mina de ouro.

— É verdade. Era uma mina de ouro.

— E por que o senhor a escondia? — quis saber Aramis. — Ela poderia resolver todos os problemas do mundo, a fome, a miséria...

— É verdade, mas ela também podia criar todos os males e misérias do mundo se utilizada por pessoas que não conseguem controlá-la, ou por pessoas enraivecidas, sequiosas de poder e de ganância. Jovem e ambicioso, fiz mau uso da máquina ou da minha imaginação e fui severamente punido. Perdi a mulher que amava e a minha filhinha desapareceu. A ambição desvairada de Athos destruiu o meu sonho, a minha esperança de materializá-las.

— Permite uma pergunta, doutor Prometeu?

— Fale, Aramis.

— A anta, o mordomo, o jardineiro, o cachorro, o cozinheiro, o jaguar e os anõezinhos eram reais?

— Quando fui castigado por minha ambição desmedida e minha mulher se transformou num passarinho, a solidão me atormentou tanto que materializei produtos da minha imaginação para me fazerem companhia e meus dias não serem tão tristes. O último foi D'Artagnan, que criei para que tomasse conta de você e da sobrinha de dona Margarida.

— Mas dona Margarida e Rosália são gente mesmo, não é? — perguntou Aramis.

— Não se preocupe, elas são reais, assim como seu pai, sua mãe, seu Pelópidas, dona Azaleia e os habitantes da cidade de Esperança.

— E os anõezinhos?

— Os anõezinhos são livros. Cada um deles é uma obra-prima da literatura, da poesia, da filosofia, da física, da química, da matemática, do teatro, da música e assim por diante. Cansado de apenas lê-los, decidi conversar com eles, aprender com eles e colocar a serviço do bem tudo o que aprendi.

— E as barras de ouro?

— As barras de ouro que materializei eram para pagar minhas experiências e para distribuir entre as pessoas necessitadas de Esperança. Seu próprio pai, Aramis, quando desejou ter uma padaria, foi atendido, pergunte a ele.

— E o monstro que dona Azaleia viu?

— O que dona Azaleia viu foi o passarinho. O passarinho tem a capacidade de refletir o interior das pessoas. Como, na verdade, dona Azaleia se via como um monstro, foi um monstro que viu. Desde hoje de manhã, porém, é outra pessoa; uma mulher meiga, doce e apaixonada pelo marido.

— E o que é que o senhor vai fazer comigo? — perguntou Athos, aventurando-se a falar pela primeira vez.

— Nada. Como Porthos era a porção infantil e irresponsável de Aramis, você é a porção mais séria e as pessoas muito sérias podem fazer bobagens que se tornam tragédias. Você será Aramis dentro de alguns meses, mas como já anteviu a lição, não cometerá os mesmos erros. Outros talvez, mas não os mesmos.

O Ogre estalou os dedos e viu quando Athos entrou dentro de Aramis.

O Ogre olhou para os próprios dedos que havia estalado e disse, sorrindo para si mesmo:

— Epa, algumas coisas ainda funcionam.

— Para onde foi Athos?

— Athos é você, Aramis. Mas você não precisará mais dele e nem de Porthos. Agora você tem Rosália.

— E os subterrâneos?

— Os subterrâneos são o meu cérebro, a minha capacidade de criar e de imaginar. Cada porta é uma parte da minha imaginação materializada. Existem milhões de portas e a maioria delas eu ainda não abri.

— Mas o senhor vai desistir da máquina, vai desistir do sonho, da esperança de reaver sua mulher?

— Se desistisse, morreria. Um sonho nunca morre totalmente. Vou recomeçar, só que com mais amor.

— Mais amor?

— É, com amor é melhor — disse o Ogre, com tristeza e cansaço nos olhos azuis. — Agora vá para casa, Aramis, vá dormir.

O Ogre estalou os dedos, mas nada aconteceu.

— Não está mais funcionando. Queria teletransportá-lo até o seu quarto, mas não foi possível. Você terá de descer a montanha sozinho, mas tome cuidado, pois Esperança já não é mais a mesma. Boa noite. — O Ogre levantou-se e dirigiu-se ao Castelo.

— Boa noite — disse Aramis e encaminhou-se em direção ao portão.

Quando Aramis descia a montanha, um homem com cara de raposa e outro com cara de gato tentaram assaltá-lo, mas ele conseguiu escapar, uma vez que era muito ágil.

Algum tempo depois Aramis já estava dormindo em seu quarto e não pôde ouvir o que o gato disse à raposa:

— Para que precisamos roubar um menino, se temos toda Esperança à nossa disposição?

— É verdade. Vamos reunir a quadrilha e então atacaremos.

26

NO CAFÉ DA MANHÃ

Os moradores de Esperança que acordaram mais cedo naquela manhã não conseguiram ver a torre do Castelo. Os que subiram a montanha verificaram que o Castelo desaparecera, juntamente com os altos muros. No seu lugar havia uma casa razoavelmente grande, com um pequeno jardim na frente e um quintal nos fundos com uma cocheira. Dentro da cocheira, um pangaré negro. Na porta da frente havia uma placa dourada onde se podia ler em letras pretas: DR. PROMETEU QUIMERA. CLÍNICO GERAL. Acostumados que estavam com os fenômenos estranhos que ocorriam na cidade, os habitantes viram no desaparecimento do Castelo e no aparecimento da casa apenas mais um fato estranho.

Pelópidas Paracelso fizera amor a noite inteira com a sua mulher, que, de repente, pareceu-lhe mais doce, mais meiga e apaixonada como jamais o fora anteriormente. Seu Pelópidas pensou: "Esse doutor Prometeu é fogo! Promete e cumpre". Mas da anta de tênis, nem sinal.

Aramis acordou em seu quartinho e chamou por Athos e Porthos, porém, por mais que os invocasse, eles não apareciam. Como ainda era cedo, dormiu mais um pouco e sonhou com Rosália.

Uma das coisas mais terríveis que pode acontecer com um ser humano é exatamente isso: uma coisa terrível. Uma coisa terrível acontece conosco e depois de muito sofrimento conseguimos dormir. A coisa terrível é descobrir, ao acordarmos, que a coisa terrível realmente aconteceu e que não foi só um pesadelo.

O Ogre acordou pensando estar em seu Castelo. Procurou pela corda que puxava sempre ao acordar para informar a Sir Anthony Hopkins que queria o seu café da manhã. Mas não havia nem corda nem quarto majestoso. O Ogre se viu num quarto bem menor, com um pequeno banheiro e livros, dezenas de pilhas de livros espalhados pelo aposento.

Só então os acontecimentos da noite passada voltaram à sua mente. Pensou, tristonho: "Pirralho idiota". Tomou um banho e desceu para tomar seu café da manhã. Rosália e dona Margarida já estavam à mesa esperando por ele.

— Bom dia, dona Margarida, bom dia, Rosália.

— Bom dia, doutor Prometeu — responderam tia e sobrinha.

O Ogre sentou-se à mesa e tomou café preto com bolo de fubá.

— Espero que vocês não estejam tristes com o desaparecimento do Castelo. Afinal, era tudo uma ilusão.

— Mas de ilusão também se vive — disse dona Margarida, que adorava um lugar-comum. — Amanhã será outro dia.

Rosália, a quem dona Margarida explicara quase tudo, não abriu a boca. Seu quarto não mudara em nada. Só temia ter de voltar para casa.

— Não vamos mais ter o luxo de sempre, mas basicamente as coisas não mudarão — disse o Ogre. — Vou reabrir a minha clínica e se Rosália não se incomodar de viver na casa de um médico da roça, poderá continuar morando aqui. Irá para o ginásio, terá aulas particulares de piano...

— O piano também diminuiu de tamanho... — disse Rosália.

— Vamos ter de aceitar isso — conformou-se o Ogre. — Mas como eu ia dizendo, Rosália continuará tendo suas aulas de piano, de inglês e de francês. Mais tarde irá para a universidade e poderá visitar sua mãe e irmãos quando quiser.

— Muito obrigada, doutor Prometeu — Rosália agradeceu.

Os três continuaram a tomar o café da manhã em silêncio. De repente, o Ogre disse:

— Caramba! Estou sentindo alguma coisa de diferente e não consigo descobrir o que é.

— Está tudo diferente — afirmou Rosália. — Desapareceram o Monsieur Leroux, Sir Anthony Hopkins, o velho Tirésias, o jaguar.

— Eu sei, eu sei — disse o Ogre, impaciente —, mas não é isso. É outra coisa.

Dona Margarida estava fritando uns ovos para eles quando o Ogre gritou:

— Já sei o que há de estranho! É o passarinho. Não ouvi o canto do passarinho hoje de manhã. Onde está o passarinho?

— Estou aqui — disse a bela mulher de cabelos negros e pele muito branca que Rosália vira como um fantasma no alto da escada algumas noites atrás. Estava parada à porta da cozinha e vestia saia, blusa e sandálias. Teria no máximo quarenta anos.

O Ogre quase caiu da cadeira.

— Pandora! Pandora, meu amor!

— Prometeu, meu querido.

O Ogre levantou-se da cadeira e abraçou sua mulher. Alguns beijos, abraços e amassos, sorrisos e lágrimas depois, o Ogre perguntou:

— Mas o que foi que aconteceu, com todos os diabos?

— Você não perde essa mania de praguejar, adoração suprema. — Era como ela costumava chamá-lo antigamente, sempre que ele se pavoneava muito.

Pandora sentou-se à mesa com eles. Se dona Margarida não se espantou absolutamente, Rosália continuava de boca aberta.

— O que foi que aconteceu, com todos os diabos? — repetiu o Ogre.

Pandora serviu-se de uma xícara de café e depois disse, sorridente:

— É simples, meu bem. O mesmo mal que me transformou num passarinho fez com que eu voltasse à minha forma normal.

— Esperem aí! Esperem aí! Me deixem pensar — gritou o Ogre.

Rosália estava confusa e não sabia o que dizer. Não conseguia tirar os olhos da bela mulher, que se comportava com a maior naturalidade, como se estivesse na própria casa, o que era verdade.

— É claro! É claro! Como fui burro! Eu não precisava nem de farleno, nem de tungstênio, nem de wolframita. O princípio é o mesmo da homeopatia. O mal que nos faz adoecer é o mesmo que nos cura. Acordei com tanta raiva daquele pirralho do Athos e no final vou ter de agradecer a ele pela tua volta.

O Ogre acariciou a mão de sua esposa e disse:

— Querida, quero te apresentar Rosália, que vai viver conosco aqui em casa.

— Eu já conheço a Rosália — disse Pandora, sorrindo um sorriso enigmático.

— Dona Pandora, doutor Prometeu, perdoem interrompê-los — interveio dona Margarida —, mas esta novela está me matando de ansiedade. Rosália é filha de dona Pandora. Pronto, disse e está dito.

O Ogre e Rosália ficaram mudos de espanto. Dona Margarida e Pandora se divertiam com a confusão. Dona Margarida continuou:

— Quando o senhor enlouqueceu e quis se tornar senhor do Universo, dona Pandora foi transformada num passarinho. Quando isso aconteceu, o senhor realmente parecia ter se transformado num Ogre. Ficou cada dia mais estranho, mais nervoso e irritadiço. Só queria saber de transformar, criar coisas, as mais estranhas, como aqueles anõezinhos todos. Fiquei com medo de que algum mal pudesse acontecer ao bebê de vocês... a Rosália... e levei-a para ser criada pela minha irmã em Brejo Seco. Prometi que, quando o senhor melhorasse, eu a traria de volta.

— E daí? — perguntou o Ogre.

— Daí — respondeu Pandora —, algumas semanas atrás pedi à Margarida que trouxesse de volta a nossa filha.

— Quase morri de susto quando vi o passarinho falar — disse dona Margarida.

— Foram as primeiras palavras que consegui pronunciar em anos. Ao ver que podia falar, tive certeza de que alguma coisa de bom estava para acontecer. No dia seguinte, entretanto, já não falava mais.

— Bem que eu notei a semelhança, bem que eu notei — disse o Ogre.

— Rosália, vá dar um abraço na sua mãe.

Mãe e filha se levantaram e se abraçaram. É claro que Pandora conhecia Rosália. Rosália era parte dela.

Como todo livro deve deixar um pouco para a imaginação de quem o lê, vamos deixar os leitores imaginarem a felicidade que se seguiu.

27

ESPERANÇA

Durante o ano que se seguiu, o doutor Prometeu reabriu sua clínica. Dos pobres tratava de graça e dos que ainda tinham alguma coisa recebia galinhas, patos, ovos, arroz, feijão e assim por diante. O resto das despesas ele pagava com os direitos autorais dos seus trabalhos científicos. Sempre que podia, o médico ia até a cachoeira — que não desaparecera, pois era real — tentar consertar AB NIHILO.

— Olhe o que você vai aprontar — dizia Pandora.

— Olhe o que o senhor vai aprontar — dizia dona Margarida.

Rosália não dizia nada. Continuava namorando Aramis e sonhava em ser professora.

Se todos eram muito felizes na casa no alto da montanha, o mesmo não se podia dizer dos habitantes de Esperança. Muitos se tornaram mesquinhos, gananciosos, mentirosos. Acabaram por eleger um prefeito ladrão e permitiram a instalação de uma fábrica de produtos químicos que poluía o ar e as águas. Felizmente, entre os que não mudaram estavam os pais de Aramis, seu Pelópidas e dona Azaleia, que havia se transformado na pessoa mais querida da cidade. As pessoas não saíam mais à noite com medo de serem assaltadas e mortas. Um bando de ladrões — na verdade, todos integrantes da quadrilha do cara de raposa e do cara de gato — mandava na cidade e no prefeito: os impostos aumentaram, a conta de luz aumentou, o banco local cobrava juros impossíveis de serem pagos e os muitos pobres deviam dinheiro para os poucos ricos que os exploravam. É claro que os misteriosos envelopes nunca mais apareceram, pois o doutor Prometeu, o ex-Ogre, não conseguia mais transformar batatas em ouro.

Certa manhã, um ano depois dos acontecimentos narrados neste livro, tão misteriosamente como haviam aparecido, os ladrões desapareceram da cidade. Os moradores acordaram como se tivessem tido um pesadelo e voltaram a ser gentis como antes. No lugar dos ladrões e assaltantes apareceram gatos, cachorros e porcos.

Rosália ia para a escola de mãos dadas com Aramis — que nunca mais fora perturbado por Athos e lembrava-se muito bem das palavras do Ogre — quando notaram que a fábrica de produtos químicos havia desaparecido. Ao passarem pela praça, viram seu Pelópidas conversando com a anta de tênis. Um anãozinho de barbicha, meio corcunda e com cabelos em estilo afro, passou por eles, gritando: "Preciso apanhar os envelopes! Preciso apanhar os envelopes!".

Rosália olhou para Aramis, Aramis olhou para Rosália e ambos olharam para a montanha. Viram a torre do Castelo emergir das altas árvores do bosque.

No Castelo, Sir Anthony Hopkins perguntava:

— Dona Pandora, a senhora prefere chá ou café?

Na cozinha imensa, Monsieur Gaston Leroux já preparava o almoço. Tirésias conversava no jardim com o jaguar e D'Artagnan... O Ogre saía do seu gabinete e atravessava a porta do quarto de Rosália. No quadro-negro escrevia: PELA FELIZ QUE LUTA OUTROS HOMEM O FELICIDADE DOS É. *Certo ou errado?* Ao voltar da escola, Rosália seria saudada pelo jaguar e por D'Artagnan. Mais tarde, em seu quarto, escreveria: FELIZ É O HOMEM QUE LUTA PELA FELICIDADE DOS OUTROS. *Certo.* Sabia que o autor das frases truncadas era seu pai.

NOTAS

1. **Paracelso** — Phillipus Aureolus Theophrastus Bombastus von Hohenheim (1493-1531) — Físico alemão e alquimista, estabeleceu o papel da química na medicina. É sua a frase: "O Homem é o que imagina ser e pode realizar tudo o que imagina".

2. **Tirésias** — Na mitologia grega, trata-se de um vidente da cidade de Tebas. Na *Odisseia*, de Homero, ele mantém seus poderes de vidente até mesmo no inferno, onde Odisseu (Ulisses) vai consultá-lo. Teria sido mulher por algum tempo por ter matado uma serpente fêmea. Ao matar uma serpente macho, teria retomado o seu sexo. Existem várias versões para a sua cegueira. Teria sido punido por revelar aos homens os segredos dos deuses que aprendera com sua mãe, a ninfa Charício. Outra história é a de que Hera, a mulher de Zeus, garantira ao marido que a mulher tinha menos prazer no ato sexual. Tirésias foi chamado para dar sua opinião e informou que a mulher extraía dez vezes mais prazer. Irritada, a deusa o cegou. Na terceira versão, ele teria sido cegado por Palas Atena por tê-la espiado quando tomava banho.

3. **Gaston Leroux** (1868-1927) — Jornalista francês, foi um dos maiores repórteres do seu tempo. Depois de virar uma celebridade na sua profissão, decidiu mandar tudo pelos ares para se tornar escritor em tempo integral. Vários de seus romances ganharam versões para o cinema e o teatro, como *O mistério do quarto amarelo* e *O fantasma da Ópera*. Tinha o estranho hábito de comemorar a finalização de uma obra dando um tiro de revólver na varanda da sua casa.

4. **Charles Pierre Baudelaire** (1821-1867) — Nasceu e morreu em Paris. Tradutor de Edgar Allan Poe para

o francês, é considerado o pai da poesia moderna da civilização ocidental. Embora tenha vivido no século XIX, parecia falar diretamente para a nossa época.

5. **François Villon** (1431-1463?) — pseudônimo de François de Montcorbier. Foi assaltante e brigão, mas principalmente um grande poeta lírico. Tão grande que o duque de Órleans pegou uma de suas baladas, "Morro de sede junto à fonte", e a assinou como se fosse de sua autoria. Villon passou a vida entrando e saindo da prisão. Finalmente foi condenado a ser enforcado, mas seu apelo ao parlamento foi tão comovente que decidiram bani-lo de Paris por dez anos. Depois de 1463 ninguém mais ouviu falar dele.

6. **Friedrich Wilhelm Nietzsche** (1844-1900) — Filósofo alemão, professor de filologia na Universidade de Basel. Seu primeiro livro foi uma revolução: *O nascimento da tragédia pelo espírito da música.* Homem de saúde muito delicada, apresentou o conceito do super-homem em oposição aos dogmas cristãos através dos livros *Assim falou Zaratustra* e *Além do bem e do mal.* Tinha um dos maiores bigodes do mundo.

7. **Baobá** — Árvore nativa da África. Chega a medir dez metros de altura, atingindo, em largura, dimensões muito maiores. Seu tronco pode chegar a ter vinte e três metros de circunferência, sendo coroado de ramos gigantescos que vão de vinte a vinte e cinco metros. Segundo uma lenda árabe, o diabo o fincou na terra de cabeça para baixo, deixando suas raízes no ar.

8. **Aramis** — Personagem do famoso romance do escritor francês Alexandre Dumas (1802-1870), *Os três mosqueteiros.* Os outros dois são Porthos e Athos. O personagem central do livro, entretanto, é Gascon D'Artagnan, um cadete que só se torna mosqueteiro no final. Alexandre Dumas, filho de um general do exército francês com uma negra do Haiti, foi um dos escritores mais prolíficos do mundo. Quando reuniram sua obra, ela perfazia um total de 277 volumes.

9. **Bertrand Russell** (1872-1970) — Filósofo, matemático, pacifista, reformador social que influenciou al-

guns dos maiores intelectuais e pensadores do século passado. Além disso tudo, recebeu o prêmio Nobel de literatura, em 1950.

10. **William Shakespeare** (1564-1616) — Nasceu na Inglaterra, numa cidadezinha chamada Stratford Upon Avon. Não foi apenas um ator e um poeta, mas o maior autor teatral da história da humanidade. Escreveu dramas como *Ricardo III*, tragédias como *Hamlet* e comédias como *Sonho de uma noite de verão*. Nasceu pobre, viveu pobre e morreu pobre, mas sua obra dá mais sentido à humanidade do que as obras de todos os generais do mundo.

11. **Prometeu** — Segundo a mitologia grega, um titã, criador e protetor dos homens, para os quais roubou o fogo do Olimpo, a morada dos deuses. Como castigo, Zeus o acorrentou a uma rocha onde uma águia se alimentava do seu fígado, que se renovava assim que devorado.

12. **Maria Antonieta** (1755-1793) — Mulher de Luís XVI e rainha da França de 1774 até 1792. Sua influência foi muito exagerada, mas tornou-se popular graças à sua juventude e extravagâncias. Seu apoio à intervenção estrangeira na França para combater a revolução causou sua queda e execução na guilhotina. Quando lhe disseram que o povo não tinha pão para comer, teria perguntado: "Por que não comem brioches?".

13. **Molière** (1622-1673) — pseudônimo do autor, ator e diretor teatral francês Jean Baptiste Poquelin. Provavelmente, o maior autor de comédias de todos os tempos. Era amado pelo público por ousar criticar a hipocrisia e o charlatanismo dos burgueses, aristocratas e até mesmo do rei da França. Escreveu dezenas de peças, uma melhor do que a outra, e entre elas: *As preciosas ridículas* (a primeira), *O doente imaginário* e *Escola de mulheres*.

14. **Sigmund Freud** (1856-1939) — Nasceu na Áustria e foi um dos homens que mais ajudaram a humanidade na busca de respostas para perguntas como "quem sou?" e "para onde vou?". Fez a medicina ortodoxa entender que muitos pacientes considerados loucos apenas não conseguiam adaptar-se à realidade e suas contínuas muta-

ções. Seu livro mais importante, *A interpretação dos sonhos*, acabou com muitas superstições, entre elas a de que os sonhos são mensagens divinas independentes de nós mesmos. Hoje sabemos que nós criamos os sonhos e que cabe a nós interpretá-los.

15. **Pandora** — Os deuses do Olimpo, irritados com o fato de Prometeu ter entregue o fogo aos homens, fizeram Pandora, a mulher mais bonita do mundo, e a deram como esposa a Epitemeu, irmão de Prometeu. Pandora trouxe com ela uma caixa. Quando Epitemeu a abriu, todos os males se espalharam pelo mundo. No fundo da caixa só ficou a esperança. A expressão "caixa de Pandora" se refere às coisas que, sob uma aparência de encanto e de beleza, são ou podem ser origem de muitas calamidades.

16. **Portas da percepção** — Um entre os numerosos livros do escritor inglês Aldous Huxley (1894-1963). Nessa obra e em outras que se seguiram, o autor especula sobre a possibilidade de o homem utilizar apenas uma parte muito pequena do seu potencial. Por exemplo: um protozoário, um gato, um inseto são animais 100%, pois vivem todas as suas potencialidades. O homem, segundo Huxley, extremamente ligado à realidade presente, teria desistido de tentar utilizar seu cérebro e por isso percebia apenas parte do que o cercava.

17. **SATOR** — Trata-se de um palíndromo, ou seja, algo que pode ser lido de trás para a frente e vice-versa. Neste caso, é um palíndromo que pode ser lido de cima para baixo e vice-versa, também. Sator é um palíndromo latino encontrado num muro romano em Cirencester, na Inglaterra, e posteriormente em Pompeia, na Itália. Pode ser traduzido como "Arepo, o semeador, maneja as rodas com cuidado". Até o princípio do século XX era gravado em amuletos e colocado sobre o ventre de mulheres grávidas para assegurar um bom parto. Há quem diga que esse palíndromo quadrado também tenha sido usado para identificar os cristãos perseguidos pelos romanos, pois suas letras formam uma cruz com a palavra *tenet* e pode ser arranjado em cruz com as outras cinco letras:

P
A
T
E
R
PATERNOSTER
O
S
T
E
R

Como os leitores podem ver, o palíndromo, hoje apenas um jogo de palavras como *Roma me tem amor*, tem origens muito mais sérias do que imaginamos e que até hoje não foram bem explicadas.

18. **Franz Liszt** (1811-1896) — Compositor húngaro que, além de ser o homem mais bonito da sua época, ainda se dava ao luxo de ser o maior concertista de piano da Europa e grande compositor. Começou a compor aos oito anos e aos nove deu o seu primeiro concerto. Entre suas notáveis composições se destacam doze poemas sinfônicos e inúmeras rapsódias húngaras. Sua filha Cosima casou-se com um compositor ainda maior que o pai: Richard Wagner.

19. **Johann Strauss**, o jovem (1825-1899) — Filho mais velho do compositor austríaco Johann Strauss, seu pai não queria que seguisse a carreira artística. Foi trabalhar como empregado de um banco e, às escondidas, tomou aulas de violino e começou a se apresentar com sua pequena banda em restaurantes, por volta de 1844. Até hoje é considerado o "rei da valsa" e entre suas mais famosas composições estão *Contos dos bosques de Viena*, *Vinho e mulheres e música*. Escreveu mais de 500 composições para dança, das quais 150 foram valsas, para não falar das inúmeras operetas vienenses, entre as quais se destacam *O barão cigano* e *Uma noite em Veneza*.

20. **Albert Einstein** (1879-1955) — Físico alemão, autor da teoria da relatividade, que tenta explicar a constante velocidade da luz; da equação da correspondência entre massa e energia; da teoria do movimento browniano, entre outras. Provavelmente o cientista mais genial do século XX, costumava dizer: "Por que é que gostam tanto de mim se ninguém me entende?".

21. **A máquina** — Desde os primórdios da humanidade que o homem, através da mitologia e da literatura, tenta explicar a si mesmo e a criação do Universo; tenta teorizar sobre coisas que não pode materializar ou provar. Assim como H. G. Wells não pode explicar cientificamente a sua máquina do tempo nem Mary Shelley pode explicar como o dr. Frankenstein conseguiu dar vida a um morto, o autor deste livro também não pode explicar a máquina, pois trata-se de uma obra de ficção para adolescentes e não de uma tese com pretensões científicas. Em princípio ela é a imaginação humana, mas para materializá-la, o autor usou a árvore da Cabala, o Sefiroth, a árvore que envolve os dez números divinos do Criador, na tradição judaica secreta que teria se iniciado na Palestina há mais de dois mil anos. Trata-se de uma tradição essencialmente oral que, como a máquina de Prometeu, nenhum estudioso ainda conseguiu explicar. Segundo Isaac Luria (1534-1572), cabalista palestino, a criação só foi possível devido a um criador inefável. Em um ato conhecido como *tzitzum*, retirou a criação de si mesmo, causando uma catástrofe conhecida como a Quebra dos Vasos e isso permitiu que a luz da criação se espalhasse.

22. **Miguel de Cervantes Saavedra** (1547-1616) — Nasceu na Espanha e escreveu o maior romance de todos os tempos: *Dom Quixote*. Foi militar, esteve em várias guerras (numa delas, cortaram sua mão esquerda) e foi escravizado no norte da África. Como o Ogre, Cervantes era um sonhador. Foi contemporâneo do maior autor teatral de todos os tempos, William Shakespeare, e morreu no mesmo ano que ele. Provavelmente, jamais ouviram falar um do outro.

Bate-papo com

Fausto Wolff

A seguir, conheça mais sobre a vida, a obra e as ideias do autor de O Ogre e o passarinho.

Ricardo Wolffenbüttel

NOME: Faustino Wolffenbüttel
NASCIMENTO: 8/7/1940
FALECIMENTO: 5/9/2008
ONDE NASCEU: Santo Ângelo (RS)
ONDE MORA: Rio de Janeiro (RJ)
QUE LIVRO MARCOU SUA ADOLESCÊNCIA: *Kings rowd*, de Henry Bellamann.
MOTIVO PARA ESCREVER UM LIVRO: ter uma história para contar.
MOTIVO PARA LER UM LIVRO: se o livro for bom todo motivo é bom motivo.
PARA QUEM DARIA SINAL ABERTO: Millôr Fernandes.
PARA QUEM FECHARIA O SINAL: para a grande maioria dos programas de TV que, com raras exceções, desumanizam.

Um bom livro faz pensar

Fausto Wolff nasceu em Santo Ângelo, no Rio Grande do Sul, em 1940. Exerceu a profissão de **jornalista** desde os 14 anos e trabalhou em praticamente todos os **jornais, revistas e canais de televisão** do Rio de Janeiro. Passou dez anos na Europa, onde, além de dirigir peças de teatro e escrever para cinema e jornais, **ensinou literatura** nas universidades de Nápoles, na Itália, e de Copenhague, na Dinamarca.

Durante muitos anos, foi um dos editores de *O Pasquim*, o mais importante jornal de **oposição à ditadura** militar no Brasil. Escreveu milhares de artigos, dezenas de peças teatrais e mais de vinte livros, entre romances, contos, poesias, literatura infantil, crônicas e ensaios. Foi finalista do Prêmio Nestlé de Literatura e recebeu, entre outros, os **prêmios** da Academia Mineira de Letras, da União Brasileira de Escritores, da Feira do Livro de Porto Alegre e o Jabuti. Fausto Wolff teve duas filhas e dois netos. Morou por muitos anos no Rio de Janeiro com sua mulher, a psicanalista e escritora Mônica Tolipan. Fausto Wolff faleceu no dia 5 de setembro de 2008.

Saiba um pouco mais sobre esse **grande** escritor e sua obra na entrevista a seguir.

Você dedica o livro à sua esposa, Mônica, dizendo que ela "lhe contou essa história". Como, afinal, nasceu esse texto?

Tanto eu como minha mulher somos escritores, embora ela se dedique mais a textos psicanalíticos. É uma das maiores autoridades em autismo no Brasil. Eventualmente contamos histórias, um ao outro, que podem ou não ser aproveitadas. O Ogre foi uma brincadeira que ela fez comigo — ou seja, eu seria o Ogre — e rabiscou um rascunho que depois abandonou. Num dos raros dias em que não tinha o que fazer, ela me sugeriu que escrevesse o texto para a Ática: um romance para adolescentes, mas que também pudesse ser lido por adultos. À medida que fui escrevendo, fui recriando sobre o seu roteiro.

Dentre todos os personagens do livro, há algum pelo qual você tem mais simpatia?

Gosto de todos, mas tenho especial predileção pelo Ogre, por ser profundamente humano, capaz de rompantes de riso e de desespero: um intelectual que luta por seus ideais num mundo cínico e materialista, onde os ideais são motivo de chacota.

O nome da cidade que serve de cenário da história é sugestivo: Esperança. Uma cidade que antes da chegada do Ogre era dominada por políticos corruptos e ladrões. Clara alusão ao Brasil dos dias atuais, não?

Esperança é uma clara alusão ao Brasil. Uma alusão ao sonho de uma geração. Um sonho que foi assassinado por políticos corruptos, caricaturas de seres humanos; gente que, se olhasse no espelho e visse sua alma, teria de se suicidar. Na minha opinião, o Ogre que resolveria os nossos problemas seria um que tivesse a coragem de ver o

Ogre ou Ogro?

Mas afinal, por que o nome Ogre se, na verdade, o dono do castelo se chamava Prometeu? Em português, é mais comum ouvirmos a palavra ogro, sinônimo de ogre. Os ogros – ou ogres – são seres mitológicos de características monstruosas, porém com feições humanas, que habitam florestas ou lugares isolados e se alimentam de carne de gente. O ogro faz parte do folclore de parte dos países europeus, mas em outras culturas, como a escandinava, por exemplo, aparecem figuras muito semelhantes, apenas com nomes diferentes – lá, eles são os trolls.

socialismo como um humanismo; alguém que concretizasse a utopia de uma sociedade voltada para o homem e não para o comércio e o individualismo mesquinho; um Ogre que acreditasse na possibilidade de uma democracia pós-capitalista, que preferisse construir escolas e hospitais em vez de presídios; um Ogre que fizesse a maioria entender que é impossível se sentir livre e feliz quando existem tantos infelizes prisioneiros da pobreza.

O que você buscou ao escrever este romance? Que tipo de emoção espera despertar nos leitores?

Apesar do acelerado desenvolvimento científico, o mundo vive um período de fria indiferença. As maiores vítimas são as crianças e os velhos. Os primeiros porque não podem interferir na realidade e os segundos porque ninguém os ouve. Graças ao computador, as pessoas estão confundindo informação com cultura. A cultura é algo que se integra ao espírito humano e passa a fazer parte da sua personalidade. A informação é apenas um dado que não faz pensar, pois não foi sentido, como uma estatística, digamos. As crianças ricas são cuidadas por estranhos. As da classe média pouco veem os pais, que estão lutando para vencer na vida sem saber muito bem o que é a vida. As crianças pobres são vítimas de uma sociedade injusta e trabalham desde cedo, fazendo coisas que ninguém quer fazer. Quando não

Para fabricar ouro

Um dos boatos que correm em Esperança é que o Ogre "faz ouro". Como sabemos, o ouro não pode ser fabricado em laboratório, pois é um elemento químico existente na natureza. Muitas foram as tentativas, porém. Essa ideia remete a uma tradição muito antiga, conhecida como Alquimia. Os alquimistas misturavam conceitos de várias ciências (Física, Química, Matemática, Astronomia) e sua prática tinha três objetivos: obter o Elixir da Longa Vida (um remédio que curaria todas as doenças), criar a vida humana artificialmente e obter ouro por meio da transmutação de metais não preciosos. A Alquimia existe há milhares de anos tanto no Oriente quanto no Ocidente e é tema para muitas histórias.

estão diante do computador — as que podem —, são massacradas pelo lixo televisivo. A emoção que quis despertar ao escrever *O Ogre e o passarinho* foi a de amor pela leitura. Quem tem um livro — um bom livro — nunca está sozinho. Ele faz pensar e o pensamento leva à ação. Ao contrário do computador e da TV, o livro não enguiça.

Você escreveu dezenas de livros, foi editor de *O Pasquim*, dirigiu teatro, fez roteiro para o cinema. E, com exceção de seu romance *Sandra na terra do antes*, é reconhecido principalmente por sua produção adulta. É diferente fazer literatura para o público adulto e para o jovem?

Quando escrevo livros para adultos, escrevo para um público culto e não preciso explicar qualquer alusão poética, literária, política ou filosófica. Sem abrir mão da poesia, quando escrevo para crianças, procuro ser mais didático, sem ser chato. Acredito que uma criança — mesmo não acostumada à leitura —, se for surpreendida por um livro bem escrito que narra uma história inteligente e ágil, acabará por se interessar e questionará os que estão à sua volta sobre o que leu. Parece-me, porém, que a maioria dos autores de livros infantojuvenis não acredita na inteligência dos seus leitores. Ou os tratam como débeis mentais ou então caem na armadilha dos modismos banais forjados pela mídia. É preciso ter muito cuidado ao escrever para crianças. Em primeiro lugar, elas ainda não estão passivamente condicionadas e, em segundo lugar, sua capacidade de fantasiar é bem maior do que a de qualquer adulto.

Os contos de fadas ocidentais e a literatura juvenil, que recebe inspiração direta deles, costumam assumir uma posição maniqueísta, descrevendo uma luta entre o bem e o mal. Como o romance *O Ogre e o passarinho* se coloca frente a essa "receita" de narrativa?

Pessoalmente, acredito que o mal é uma deformação do bem. Quem pode acreditar que uma criança nasça má? O que ocorre é que ela é obrigada a cumprir um contrato social que não assinou. Quando ela percebe isso, passa a fazer concessões e, à medida que as faz, vai fingindo, querendo agradar aos adultos e tirar vantagens. Nesse árduo caminho da infância à adolescência e à vida adulta, o seu eu livre e saudável, pronto para ser feliz, vai se perdendo até sobrar muito pouco do seu potencial original. Só por meio da cultura e da educação, de uma visão não hipócrita da vida, poderemos combater essa anomalia que chamamos de mal e que contraímos sem querer, geralmente nas primeiras experiências amargas com a realidade. Felizmente não havia TV nem computadores no tempo de Lewis Carroll e Alice, de Jonathan Swift e Gulliver, de Daniel Defoe e Robinson Crusoé, de Andersen e o Patinho Feio. Independentemente da época em que foram escritos, os bons livros são eternos e interferem de forma positiva na vida das pessoas, tornando-as seres humanos melhores.

Em vários momentos da obra, há referências à Alquimia, à Cabala, ciências e crenças que, no passado, despertavam o interesse de muitos estudiosos e curiosos. Qual sua intenção ao tentar "ressuscitar" esses temas na literatura juvenil?

Ao ressuscitar a Alquimia e a Cabala, quis despertar o interesse das crianças sobre um tempo em que a metafísica e a ciência andavam de mãos dadas, comiam na mesma mesa. Falando desses assuntos, quis demonstrar que o homem — preocupado que está em cumprir o contrato social imposto de cima para baixo — usa menos de dez por cento do seu potencial energético interior; quis demonstrar que, se temos um cérebro capaz de imaginar as fantasias mais impossíveis é porque essas mesmas fantasias são possíveis; apenas desistimos delas muito cedo por serem "coisas de crianças". Se compreendermos que existe mais sentimento de justiça no coração de uma criança amada do que no coração de uma grande nação, nos damos conta do leitor ideal que ela é.

No fim do livro, o Ogre deixa mais uma de suas enigmáticas frases embaralhadas para Rosália colocar em ordem. Quando a menina o faz, observa o recado: "Feliz é o homem que luta pela felicidade dos outros". Poderia falar algo a respeito?

Não posso ser feliz se existe gente infeliz no mundo. Não poderei ser feliz enquanto houver um homem na prisão, um homem sendo torturado. Por isso, ao lutar pela felicidade dos outros — de um modo até certo ponto egoísta —, estou lutando pela minha felicidade. Não se pode ser feliz ignorando as dificuldades alheias. Nenhum homem é uma ilha, mas se estiver sozinho em uma ilha, nada melhor do que um bom livro. Sugiro Shakespeare.

Obras do autor

POR OUTRAS EDITORAS

O acrobata pede desculpas e cai (romance, 1965)
O campo de batalha sou eu (romance, 1966)
Matem o cantor e chamem o garçom (romance, 1978)
Sandra na terra do antes (juvenil, 1979)
Tristana (infantil, 1980)
Palestinos: judeus da III Guerra Mundial (reportagem, 1980)
Carta (com pretensão de conto) de um autor aos estudantes (juvenil, 1981)
O dia em que comeram o ministro (crônicas, 1982)
O ABC de Fausto Wolff (humor, 1985)
Venderam a Mãe Gentil (crônicas, 1985)
Rio de Janeiro: um retrato (reportagem, 1990)
À mão esquerda (romance, 1996)
O homem e seu algoz (contos, 1997)
O nome de Deus (contos, 1998)
O lobo atrás do espelho (romance, 1999)
Cem poemas de amor e uma canção desprocupada (poesia, 2000)
O pacto de Wolffenbüttel e a recriação do homem (poesia, 2001)
Gaiteiro velho (poesia, 2003)
A imprensa livre de Fausto Wolff (crônicas, 2004)
A milésima segunda noite (romance, 2005)
Olympia (romance, 2007)

sinal aberto

Veja alguns títulos da série

social

comportamento

fantasia